C'EST ICI LE CHEMIN

DU MÊME AUTEUR

Héritiers de l'avenir Stock (1977).
Livre de poche (1981).

PIERRE MAUROY

C'EST ICI LE CHEMIN

FLAMMARION

Pour recevoir régulièrement, sans aucun engagement de votre part, l'Actualité Littéraire Flammarion, il vous suffit d'envoyer vos nom et adresse à :
Flammarion, Service ALF, 26, rue Racine, 75278 PARIS Cedex 06.
Pour le CANADA à :
Flammarion Ltée, 163 Est, rue Saint-Paul, Montréal PQ H2Y 1G8.
Vous y trouverez présentées toutes les nouveautés mises en vente chez votre libraire : romans, essais, sciences humaines, documents, mémoires, biographies, aventures vécues, livres d'art, livres pour la jeunesse, ouvrages d'utilité pratique...

ISBN 2-08-064455-6

A François Mitterrand,
président de la République.

10 MAI 1981 :
La victoire de la force tranquille

En ce dimanche matin de mai, je me dirige vers l'école Boufflers. C'est là que je dois voter. Une fois de plus, je m'arrête à l'angle de l'avenue Kennedy, à Lille. Je contemple l'œuvre monumentale du peintre Édouard Pignon *L'Homme et l'Enfant.* Nous en avons souvent parlé ensemble. La symbolique de cette immense céramique est simple. L'homme porte l'enfant sur ses épaules, le protège et le guide. Ensemble, ils cherchent leur chemin entre les forces du bien et celles du mal qu'exprime avec vigueur un enchevêtrement d'ailes, les unes d'un rouge puissant, les autres d'un noir profond. N'cst-ce pas l'image de notre avenir en construction, à travers le combat permanent entre les exploités et les exploiteurs ? Des luttes de Spartacus aux révoltes des serfs du Moyen Age, c'est toute la dialectique de l'histoire de l'Humanité que l'artiste résume dans cette scène.

Avec le second Empire, s'est développée une nouvelle période : l'ère industrielle. Les dirigeants des États n'attendent plus la gloire et la puissance de la seule force militaire mais aussi d'une réalité nouvelle, l'économie. Avec l'ère industrielle, débute le combat du prolétariat pour son émancipation, la longue histoire du mouvement socialiste. Elle a été marquée, au niveau gouvernemental, par quelques expériences inoubliables, encore trop limitées et toujours fragiles. Le grand espoir de la Libération a été éphémère et les vingt-trois années de la Ve République n'ont été, pour nous, qu'une longue attente.

Les couleurs chez Pignon ne sont jamais gratuites. J'ai retrouvé une symbolique analogue dans le Victor Hugo des *Châtiments,* celui qui a su opposer, et avec quelle fulgurance, « Nox » et « Lux ». Plus précisément c'est ce passage de « Lux » que je rapproche volontiers de l'œuvre de Pignon :

...Nos jours sont des jours d'amertume,
Mais quand nous étendons les bras dans cette brume,
Nous sentons une main ;
Quand nous marchons, courbés, dans l'ombre du martyre,
Nous entendons quelqu'un, derrière nous, dire :
C'est ici le chemin.
O proscrits, l'avenir est aux peuples !...

Ce chemin qui mène à la victoire du peuple, est-ce celui du 10 mai ? La main qui l'indique est-ce celle des Français qui déposent un bulletin dans l'urne ? Comme à chaque scrutin, je le souhaite du plus profond de moi-même. Mais, depuis vingt-trois ans et même davantage, trop d'attentes, d'espoir et, parfois, de désillusions, m'ont rendu prudent. Je revois la superbe affiche *Le Socialisme, une idée qui fait son chemin,* sur laquelle François Mitterrand arpente une grève qui m'évoque la côte atlantique près de sa bergerie de Latche. Cette affiche a été inspirée au réalisateur par un célèbre poster de 1968 représentant Mao Tsê-Tung. Je me souviens aussi de notre longue marche électorale.

Le lent déclin à partir des 26 % de suffrages recueillis à la Libération jusqu'à l'effondrement de 1969 : 5 %. En regroupant nos forces, en 1971, à l'occasion du congrès d'Épinay-sur-Seine, nous avons engagé la reconquête : 20,7 % aux élections législatives de 1973 ; 24,7 % cinq ans plus tard, pour le renouvellement de l'Assemblée nationale. Et puis le premier tour de ce scrutin présidentiel : 28 % (avec les radicaux de gauche). Il nous aura fallu dix ans pour gagner dix points de pourcentage.

Bien sûr, les meetings que j'ai multipliés ces dernières semaines, comme porte-parole de François Mitterrand, ont toujours été chaleureux. Mais n'était-ce pas déjà le cas en 1965 et 1974 ? Peut-être même y avait-il plus d'enthousiasme. La campagne qui vient de s'achever m'a semblé plus grave, plus réfléchie. Est-ce le signe que les Français sont à la veille d'une décision importante ? Toutes ces questions tournent dans ma tête tandis que je vais déjeuner, comme chaque dimanche de scrutin, avec mes adjoints à la mairie de Lille. Nous tentons de dissiper notre attente par des plaisanteries, par un moment de détente entre amis de longue date.

En début d'après-midi, je fais le tour dcs bureaux de vote de la ville, serre des mains, dialogue avec les uns et les autres. Puis c'est le départ en voiture pour Paris. Que de fois ai-je ainsi regardé ces paysages du nord de la France, cette communion de l'industrie et de l'agriculture, la tache noire du terril qui borne le vert des blés ? Car seuls ceux qui ne sont jamais remontés au-dessus de la Seine ignorent qu'en cette saison la couleur dominante de ma région est le vert, celui des prairies et des champs. J'ai respiré le socialisme en même temps que ce paysage. Mon village natal de Cartignies, dont les maisons de briques et de pierres bleues sont blotties au bord de l'Helpe, dissémine aussi ses hameaux

– les « écarts » – dans le bocage de l'Avesnois. A partir de 1936, ma famille s'est installée à Haussy, un village où chaque soir, à 6 heures, le train ramenait des sidérurgistes de Trith-Saint-Léger. C'est là que j'ai appris à connaître et à aimer la classe ouvrière et le monde du travail. Mon père, instituteur et fils de bûcheron, m'y a encouragé. A seize ans, j'ai adhéré tout naturellement aux Jeunesses socialistes. Je n'ai jamais changé.

Aujourd'hui, ce trajet en voiture vers Paris me laisse mes dernières heures de rêve, et de folles espérances. Au bout du voyage, je trouverai la réalité. Je pense à tous les épisodes de cette trop longue campagne électorale. Elle s'était préparée dans la confusion. Elle s'est heureusement déroulée dans l'unité socialiste reconstituée. Tandis que je sillonnais un coin de la France, François Mitterrand s'exprimait à l'autre. Nous n'avions pas suffisamment d'occasions pour faire le point. Nulle distorsion n'est pourtant apparue entre le candidat et son porte-parole. Nos échanges étaient, il est vrai, facilités par nos rencontres lors de passages, le mercredi, au siège du parti socialiste, rue de Solferino, et par les nombreux amis qui nous rencontraient alternativement. Et plusieurs fois, au cours des ultimes semaines de campagne, François Mitterrand leur a posé la même question : « Comment va Pierre ? Est-il heureux ? »

Oui, je l'étais. Et, faute de pouvoir le lui dire personnellement, j'éprouvais une profonde satisfaction de savoir que ma réponse lui était transmise. Je sentais surtout, à travers cette interrogation, que, même au plus fort de nos divergences, nous avions su préserver l'essentiel : des sentiments profonds nourris par notre travail et nos projets communs.

Ensemble dans la semi-clandestinité qu'exigeait alors la situation politique, nous avons préparé et conduit le congrès d'Épinay et permis ainsi le rassemblement des socialistes, parfois même contre certains de nos amis respectifs. Dans ces périodes particulières où les hommes, déboussolés, hésitent, il faut savoir surprendre. Pendant huit ans, j'ai ensuite, en assurant la coordination de l'équipe de direction, secondé François Mitterrand à la tête d'un PS dont il inspirait l'action. Je retrouve naturellement, aujourd'hui à la tête du gouvernement, les réflexes qui résultent de cette longue tâche commune. En arrivant rue de Solferino, ce 10 mai 1981, j'ignore encore que notre coopération va redevenir à ce point étroite. La campagne électorale menée comme porte-parole a, tout au plus, nourri mes regrets de ne plus collaborer d'aussi près avec François Mitterrand et m'a renforcé dans la conviction que les querelles qui ont divisé les socialistes sont, pour une bonne part, artificielles. Mais attendons l'heure des résultats.

Certes, depuis quelques jours, les instituts de sondages nous apprennent que les jeux sont faits. Si je ne mets pas en doute la valeur scientifique des études d'opinion dès lors qu'elles sont réalisées dans les règles, leur multiplication au cours des dernières années et leur utilisation, de plus en plus partisane, dans le débat politique, m'ont rendu méfiant. Car il arrive, malheureusement, que l'on réalise un sondage pour justifier une argumentation préétablie et non l'inverse. Or, rien n'est plus simple que de jouer des questions de manière à obtenir le résultat souhaité par les commanditaires. Je pourrais citer bien des exemples au cours des dernières années. Et de nombreux autres sont venus s'ajouter durant l'année qui s'est écoulée depuis, durant la première année du changement. Rien n'est plus simple en effet que de faire arbitrer les débats au sein de la majorité par l'opposition. Mais l'évaluation qui va bientôt être donnée est un sondage sur le vif. Il faut y croire !

19 h 58. 20 heures, paraît-il, à la montre des responsables de TF1. Les Français apprennent le nom de leur nouveau président : François Mitterrand. Sur l'écran, son visage est dessiné électroniquement tandis qu'apparaît le pourcentage des voix : 51,7 %. Je suis installé dans un petit bureau voisin de celui du candidat mis à ma disposition pour la durée de la campagne. J'enregistre, dès cette première indication, que notre candidat est mieux élu que Valéry Giscard d'Estaing sept ans auparavant. Pour la réussite du changement que nous allons devoir engager, il s'agit là d'un élément important.

Dehors, devant le siège du PS, la foule a commencé de se rassembler depuis plus d'une heure. Nous sommes au printemps, il fait beau et les jours sont longs. A l'annonce de la victoire, les cris de joie jaillissent spontanément. Et il en va de même dans toute la France. Les représentants des fédérations départementales du PS que nous avons successivement au téléphone ne se bornent pas à nous transmettre les résultats. Tous tiennent à nous faire partager l'ambiance qui règne autour d'eux, à nous faire entendre les chants et les rires de la France de mai, en joie et en fleurs.

J'ai envie de rejoindre la place de la Bastille où la fête commence à s'organiser, mais mon rôle de porte-parole n'est pas terminé. Il me faut encore faire la tournée des studios de radio et de télévision, répondre inlassablement aux mêmes questions. J'observe de subtiles modifications dans l'attitude d'un certain nombre de mes interlocuteurs. Le pouvoir commence à changer de mains.

Dans le studio de RTL, rue Bayard, j'aperçois, parmi les nombreux visiteurs, Madeleine Léo-Lagrange, la veuve du ministre de la Jeunesse et des Sports dans le gouvernement du Front populaire. Léo Lagrange en souvenir de qui j'ai animé et bâti avec bien d'autres une fédération de loisirs et d'éducation populaire. L'émotion de Madeleine est égale à la mienne. Je la raccompagne chez elle et tire sa porte sur cinquante ans de l'histoire des socialistes.

Mais la nuit est déjà bien avancée. Je rejoins le siège du parti où François Mitterrand, de retour de Château-Chinon, ne tarde plus à nous retrouver. Nous sommes rassemblés dans son bureau et nous bavardons. Mme Mitterrand et de nombreux amis sont présents. Nous vivons comme dans un songe et personne ne veut rompre ces instants si rares. Notre joie est trop forte pour que nous ayons vraiment envie de parler. De longs silences s'installent. Une espèce de gravité aussi, qui contraste avec cette atmosphère de liesse dans laquelle Paris a basculé. La réalité du pouvoir nous semble encore trop lointaine pour que nous ayons envie d'en parler, de nous organiser. Nous sommes simplement heureux d'être là, d'être tous ensemble, de communier dans cette ferveur qui ne nous est pas personnelle, qui est celle d'un peuple qui, depuis si longtemps, attendait ce moment. Un peuple qui a su rassembler ses forces.

Curieux paradoxe au demeurant qui voit le parti communiste ramené à une pratique unitaire par le succès de la gauche, au moment même où il cherchait le plus à s'écarter des socialistes. Il va falloir, dans les prochaines semaines, dans les prochains mois et peut-être même dans les prochaines années, aider à panser les plaies, à réapprendre à la gauche à marcher d'un même pas. Ce sera notamment la tâche du chef de la nouvelle majorité sortie des urnes et qui sera confirmée dans un mois : le Premier ministre.

Je revois François Mitterrand, le lendemain et les jours suivants, à son domicile rue de Bièvre. Au cours de ces discussions, je lui rappelle notre conversation du vendredi 8 mai au soir. Après des réunions publiques à Morlaix et à Quimper, je l'avais retrouvé sur l'aéroport de Nantes où il venait de tenir un inoubliable meeting. Je lui avais dit : « C'est votre dernier meeting ! » Il avait souri, acquiesçant à ce qui l'attendait pour sept ans.

Nous continuons d'évoquer quelques péripéties de ces dernières semaines, lorsque j'entends le nouveau président de la République me demander : « Et si nous continuions ensemble notre travail ? » Cette simple allusion à notre coopération retrouvée me fait comprendre qu'il me propose de prendre la tête du gouvernement. Gaston Defferre, informé, approuve et m'encourage. Pour lui, la victoire de la gauche vient trop tard. Mais, alors que nous songeons à lui pour présider l'Assemblée nationale au lendemain du prochain scrutin législatif, il insiste pour conserver le ministère de l'Intérieur. Il souhaite être l'homme de la décentralisation. Il le sera.

Cinquante-quatre millions de Français dont nous assumons la responsabilité. Une majorité d'entre eux nous fait confiance. Elle compte sur nous pour sortir de la crise, améliorer le niveau de vie des défavorisés, maintenir l'acquis des classes moyennes, faire face au géant soviétique, à la politique économique américaine, à la pénétration des appareils japonais qui menacent nos industries. Il faut faire repartir la machine, répondre à cette attente, se battre, faire face chaque jour à quarante problèmes différents, renoncer à toute vie personnelle. Je pense à Cartignies, à Haussy où, au coude à coude, les ouvriers refaisaient le monde. La vie était chaleureuse. On n'était pas riche mais on se comprenait presque sans parler.

Pour moi, le socialisme a toujours été un mouvement de masse et un grand travail collectif. La pâte est là : les cultivateurs, les artisans, les commerçants, les ouvriers, les pêcheurs, les marins, les employés, les fonctionnaires, les cadres, les industriels... Tous. Nous avons besoin de tous. 48 % des Français n'ont pas voté pour nous mais je suis également leur Premier ministre. Il faut les convaincre que nous travaillons pour tous, dans une perspective nouvelle, pour que la solidarité devienne la règle dans notre pays.

Mes convictions sont solides puisqu'elles sont part de moi-même. Les boiseries, les parquets lambrissés, les meubles signés, les cristaux et l'argenterie de l'hôtel Matignon ne m'impressionnent pas. Je n'ai pas le temps de les voir au rythme de cette vie où l'on ne s'appartient plus, mais dont il faut préserver l'énergie pour intervenir sans cesse.

21 MAI 1981 :
L'économie

C'est la journée de François Mitterrand. Vingt-trois années de constance, d'opiniâtreté, de luttes ont enfin abouti. Je le regarde, saluant la foule, debout dans cette voiture découverte qui descend les Champs-Élysées et nous ramène de l'Arc de triomphe de l'Étoile à l'Élysée.

Il est heureux et son bonheur répond à celui de la foule qui se presse tout au long de l'avenue. Je pense à notre premier vrai dialogue, il y a déjà bien longtemps, un jour d'octobre 1965. C'était dans le train qui nous ramenait, ainsi que Georges Dayan, de Lille à Paris. Je me souviens avec précision de cette conversation. François Mitterrand nous parlait de la France. Il en parlait avec cette passion contenue qui l'habite toujours en pareille occasion. Il décrivait le rassemblement dont il venait de jeter les bases à l'occasion de sa première candidature à la présidence de la République contre le général de Gaulle. Il évoquait l'avenir de cette entreprise, il évoquait ce jour où la France et la gauche pourraient se réconcilier et s'épanouir mutuellement. Seize ans plus tard, c'est chose faite, et François Mitterrand peut légitimement goûter ce moment.

Ce jour est arrivé parce que François Mitterrand a su demeurer fidèle à ses convictions et à ses analyses. Il a appris, de Blaise Pascal je crois, que pour juger des événements, il faut se référer à un point fixe. A son exemple, la gauche a su attendre au point qu'elle s'était choisi. Et elle a recueilli les fruits de cette longue patience.

Seize ans ! Cela nous a souvent paru long. Pourtant, à l'échelle de l'histoire, le délai est bref. Le rassemblement prophétisé dans ce compartiment du Lille-Paris est aujourd'hui réalisé. Il est, à présent, profondément ancré dans notre réalité nationale. Il offre à la France l'occasion d'un nouveau sursaut, d'une nouvelle jeunesse. Mais l'allégresse de la foule n'est qu'une des réactions. Il en est d'autres qui ne traduisent pas les mêmes sentiments.

Depuis le 10 mai, le franc s'affaiblit et nos réserves de changes s'amenuisent. Entre le 11 et le 15 mai, ce sont 3 milliards de dollars qui se sont ainsi évaporés. Ce mouvement vient s'ajouter à des pertes de nos réserves de changes qui s'accumulent depuis plusieurs mois sans que le gouvernement précédent ait cru bon d'intervenir. Du début février au 10 mai 1981, les pertes ont atteint 5 milliards de dollars. En quelques mois, la France connaît donc la plus forte perte cumulée de son histoire monétaire. Et cela avant même que la gauche ait la réalité du pouvoir, avant même qu'elle puisse prendre la moindre décision. Plusieurs de mes amis ont attiré mon attention sur cette évolution inquiétante avant ma nomination comme chef du gouvernement. Dans les premiers jours de la semaine du 18 au 22 mai, les sorties quotidiennes sont rapidement passées de 500 millions à 1 milliard de dollars. Le mercredi 20, lors d'un dîner de travail destiné à régler les derniers détails du lendemain, je décide une action très rapide.

Dès ce jeudi matin, alors que s'achève la cérémonie de passation des pouvoirs entre Valéry Giscard d'Estaing et François Mitterrand, mes premiers collaborateurs m'ont préparé les mesures nécessaires à un renforcement du contrôle des changes. Ces documents me sont apportés pendant le banquet offert à l'Élysée par le nouveau président de la République.

La défense du franc

Dans la voiture, je fais le point avec François Mitterrand. Les sorties de capitaux vont vraisemblablement se monter, pour cette seule journée de fête, à 1,5 milliard de dollars. Sans action de notre part, les 2 milliards de dollars seront atteints le lendemain. C'est pourquoi, dans cette voiture qui descend les Champs-Élysées, dès que le président de la République se rasseoit, je lui parle de la défense du franc et des mesures que je compte annoncer le soir même. Une décision rapide s'impose en effet. Certains, dont Michel Rocard, nous diront être plus favorables au flottement du franc, c'est-à-dire à une dévaluation immédiate. Jacques Delors, futur ministre de l'Économie et des Finances, et Christian Goux, qui deviendra, au lendemain des élections législatives, président de la commission des Finances de l'Assemblée nationale, souhaitent au contraire la défense de notre monnaie et son maintien dans le système européen. Je partage leur analyse.

Le Président, qui se méfie d'une tendance à la dramatisation dans le domaine monétaire, estime que le bon sens politique impose la solution : on ne salue pas la victoire de la gauche par une dévaluation.

A moi donc de voir, avec les autorités économiques et monétaires du pays, ce qu'il convient de faire. Je convie pour la fin de journée, à l'hôtel Matignon, Jacques Delors, qui aura demain la charge d'appliquer la politique que nous allons définir, le secrétaire général de l'Élysée, Pierre Bérégovoy, le directeur du Trésor,

Jean-Yves Haberer et le gouverneur de la Banque de France, Renaud de la Genière.

Pendant que j'assiste à l'émouvante cérémonie du Panthéon, dans Matignon désert, le noyau de ce qui sera mon cabinet rédige les décrets, arrêtés et circulaires que je signerai le soir même. Il s'agit d'ailleurs d'une originalité dans l'histoire du droit. De tels textes en effet relèvent de la compétence des ministres et, en particulier, du ministre de l'Économie et des Finances. Mais, pour l'instant, le gouvernement n'est pas formé et j'assume seul l'ensemble des responsabilités ministérielles.

Sur la Montagne Sainte-Geneviève, le peuple de Paris est en liesse. La jeunesse, inquiète de son avenir, hier révoltée devant les portes closes de la société, est aujourd'hui joyeuse devant les portes ouvertes des temps nouveaux. Le premier geste du nouveau chef de l'État consiste à jalonner le chemin de demain. Avec trois roses. Trois roses dans la pénombre du Panthéon. Trois roses sur trois tombes, rappel bouleversant de notre mémoire collective.

Une rose pour Jean Jaurès. Celui qui, en son temps déjà, sut rassembler les socialistes et mobiliser la gauche. Cette rose, c'est celle de l'héritage. Née du cri de révolte et de dignité des premiers prolétaires face aux drames et aux échecs de la première révolution industrielle, une idée de justice et de liberté a traversé le siècle aux côtés du peuple. L'union des exploités a permis l'émergence d'une force sociale. Sur cette force sociale s'est bâti un pouvoir politique. De ce long cheminement, le moment que nous vivons aujourd'hui n'est qu'une étape.

Notre pays est aujourd'hui engagé dans une nouvelle phase de mutations industrielles et technologiques. Les dures lois de la concurrence et de la productivité s'imposent à une économie ouverte qui s'insère dans la mondialisation des échanges. A nous de dominer le progrès, de dominer la machine. A nous de les mettre enfin au service de l'homme. A nous « d'aller à l'idéal et de comprendre le réel ». Tel est le message, toujours actuel, de Jean Jaurès, le défi de la première rose.

Une rose pour Jean Moulin. Celui qui, en son temps, sut réunir toutes les composantes de notre peuple dans la lutte contre l'envahisseur. La France est confrontée à des enjeux trop graves pour disperser ses énergies. Aujourd'hui, c'est autour de nous que se rassemble le peuple de gauche, la France du travail, comme hier Jean Moulin avait su rassembler le peuple de l'ombre, la France combattante. Pour gouverner, il nous faudra donc rassembler toutes les composantes de la majorité. Car cette majorité, ce sont les Français eux-mêmes qui, à deux reprises et chaque fois avec plus d'ampleur, en ont défini les équilibres et tracé les contours.

La joie simple qui, le 10 mai 1981, déferle dans les rues des villes et des villages de France à l'annonce de l'élection de François Mitterrand ramène spontanément à la mémoire les souvenirs de 1936 et 1944, les souvenirs de Léon Blum et du général de Gaulle. C'est la joie d'une foule fraternelle et comme libérée. C'est tout naturellement que la mémoire collective de notre peuple associe les deux moments où la classe ouvrière a fêté la dignité retrouvée puis la liberté reconquise. Deux moments de réconciliation de la France avec elle-même.

L'unité française retrouvée autour des socialistes, il nous faut la préserver, l'approfondir et l'élargir encore. Nous devrons accueillir tous ceux qui souhaitent s'associer à la politique du renouveau qui est, désormais, celle de la France. Là est l'espérance de la deuxième rose.

Une rose pour Victor Schœlcher. Celui qui, en son temps déjà, sut faire de la France l'émancipatrice des peuples. Il a ainsi permis que, par leur libre choix, les

Antillais et les peuples des départements et territoires d'outre-mer demeurent dans la communauté nationale. Les chaînes n'ont cependant pas été brisées partout : dictatures, oppressions restent la règle dans de vastes contrées du globe. De nouvelles chaînes ont même été forgées : la faim, la dépendance économique, le sous-développement. L'égoïsme des grandes nations industrielles précipite la planète dans le chaos. Il maintient des milliards d'hommes dans un nouvel esclavage.

La France refuse de s'incliner devant cet état de fait. Elle combat pour un nouvel ordre mondial. Pour que le tiers monde, mieux compris des Français, cesse d'être regardé comme un réservoir de matières premières ou un adversaire et devienne peu à peu, même s'il nous en coûte de rudes conversions industrielles ou agricoles, un partenaire.

La France est l'amie des peuples en lutte pour leur liberté. Elle n'est plus sourde au cri des hommes bâillonnés. Elle se montre accueillante aux exilés et fraternelle aux immigrés. Elle lutte pour que cessent toutes les formes d'exploitation et de colonisation, pour que tombent toutes les chaînes. Tel est le message de la troisième rose.

Ces trois roses, ces trois symboles, expriment en fait une exigence unique : l'homme doit devenir « la mesure de toute chose ». C'est à « l'échelle humaine » qu'on juge une politique.

La gauche est porteuse d'un projet de civilisation. Les Françaises et les Français le savent. Sa victoire vient de loin, et je mesure, devant cette foule, ce que cette victoire porte d'espoir et d'ardeur. A l'évidence, ni Valéry Giscard d'Estaing, ni François Ceyrac, l'ancien président du CNPF, n'ont su comprendre cette communion du Panthéon. Sinon ils n'auraient pu affirmer, par la suite, qu'en ce printemps de 1981 la France a relâché son effort ou qu'elle a « fait halte à l'ombre d'un bosquet ». Tenir de tels propos c'est ne rien vouloir comprendre à ce qui s'est produit dans notre pays. La victoire de la gauche correspond à un nouvel élan et non à une démission.

Ce que la France a décidé en mai et juin, c'est de dire non à l'injustice, de ne plus accepter l'arrogance de quelques-uns, de rejeter le libéralisme sauvage et ses effets catastrophiques. Ce faisant, les Français n'ont pas refusé l'effort. Ils veulent seulement, et ce n'est pas une mince espérance, que l'effort soit autrement distribué, qu'il pèse moins lourd sur les épaules des plus faibles. Ils veulent seulement, et nous devons répondre à leur espoir, que l'effort – leur effort – serve le progrès pour tous, et non la puissance ou le profit pour quelques-uns.

Et ils ont aussi dit non à une certaine manière de gérer leur pays. Non au langage des chiffres, qui avait balayé tout accent d'humanité. Non à la déshumanisation du travail, présentée comme un mal inévitable. Non à l'invitation à « gérer l'imprévisible ». Non à cette sécheresse, à cette invocation de la fatalité, à ces appels à la résignation, devant la crise, devant le chômage, qui menaçaient de briser les forces vives de notre pays, qui condamnaient la jeunesse au désespoir, et les travailleurs, tôt ou tard, à la révolte.

Sans révolte, démocratiquement, tranquillement, mais avec quelle force ! ils ont relevé la tête. Ils ont repris leur avenir en main.

Les Français n'ont pas nié pour autant la crise. Ils savaient – et ils savent toujours – que les lendemains du 10 mai ne seront pas faciles, que nous subirons encore, et pour longtemps, de lourdes contraintes, notamment internationales. Mais ils ont choisi de se battre, autrement, activement, contre la crise. Contre ce dérèglement d'un système que nous, socialistes, n'avons cessé de dénoncer. En s'attaquant aux causes, sans se borner à en subir les effets.

En réponse à cet élan, le programme que nous devons mettre en œuvre ne vise pas à bâtir une France bardée de subventions, une France où le corporatisme et la bureaucratie imposeraient leurs lois à l'État, une France qui renoncerait à ses engagements internationaux et se couperait du monde. La France doit demeurer dans la compétition internationale. Ce qui exige une gestion rigoureuse et notamment le maintien de nos grands équilibres économiques. Je compte en apporter la preuve dès mon retour à Matignon, à l'issue de cette cérémonie. Je défendrai le franc là où nos prédécesseurs ne l'ont pas fait.

Dès le début du mois de mai, le directeur du Trésor avait demandé à son ministre, René Monory, un renforcement sévère du contrôle des changes. En vain. Il estimait pourtant ces mesures d'autant plus indispensables qu'il craignait que le nouveau gouvernement n'eût besoin de quelques jours, coûteux pour nos réserves, avant de parvenir à se faire une conviction sur les mesures à prendre.

C'était sous-estimer la capacité de la gauche à faire face, sans attendre, aux responsabilités nouvelles qui lui incombaient. Dès mon retour du Panthéon, à 19 h 30, avant même l'arrivée du gouverneur de la Banque de France, je revois les textes qui doivent paraître au *Journal officiel* du lendemain matin et entrer en vigueur aussitôt. Le secrétaire général du gouvernement, Marceau Long, a mobilisé les services du J.O. de manière que tout fût prêt en temps voulu, même s'il s'avérait nécessaire de veiller tard.

Jacques Delors me présente en quelques mots mes futurs interlocuteurs. A travers eux, c'est toujours le même débat. Le gouverneur de la Banque de France paraît sceptique sur notre capacité à maintenir la parité du franc.

Je sais depuis longtemps que dans la gestion des groupes humains, dans la gestion des sociétés, les aspects psychologiques comptent au moins autant que les mesures techniques. Dès mes premières heures de chef de gouvernement, j'en ai une nouvelle preuve.

Lorsque Renaud de la Genière arrive, je le reçois en tête à tête. J'affirme notre volonté de défendre le franc et j'insiste sur l'importance de son rôle et mon souci de ne pas être privé de son expérience et de ses conseils. La gauche refuse la facilité monétaire. Il doit en être persuadé. J'ajoute qu'il va de soi qu'il continue, dans l'intérêt du pays, à assurer ses hautes responsabilités. Tout se passe mieux que prévu.

Il ne reste plus qu'à élargir le cercle et conduire, avec toutes les personnes présentes, la discussion technique sur les mesures à prendre pour défendre notre monnaie. Nous mettons en place l'arsenal, désormais classique, du contrôle des changes en laissant simplement ouvertes deux soupapes : les sorties de devises pour les touristes et pour les immigrés travaillant en France. Car je sais bien que ce ne sont pas eux qui jouent contre notre monnaie.

Lorsqu'il est entré à l'Élysée, Valéry Giscard d'Estaing n'avait pu maintenir le franc dans le système monétaire européen. Nous relevons ce premier défi. Dès le vendredi 22 mai, en effet, les sorties de dollars s'arrêtent presque complètement. Le caractère immédiat de nos mesures nous aura permis d'économiser plusieurs milliards de dollars de réserves. Et, en novembre 1981, lorsque je me rends au « Forum de l'Expansion » pour expliquer notre politique économique à des industriels sceptiques, je peux leur annoncer que la Banque de France a déjà refait les trois quarts de ses réserves.

Ces faits, qui devaient, sinon convaincre les milieux économiques, du moins susciter leur intérêt, sont à peine pris en compte, tout juste entendus. Ainsi va la France. Le débat politique prime tout. Et ce débat est essentiellement idéologique. Les faits comptent moins que les préjugés. Ce phénomène m'a frappé à chaque fois que je me suis adressé à des chefs d'entreprise. Et j'ai multiplié volontairement les occasions de telles rencontres, en particulier tout au long de mon « tour de France de l'emploi ».

A chaque fois, j'énumère des résultats concrets :

Le marché financier se situe en 1981 à peu près au même niveau qu'en 1980 : 100 milliards de francs pour les emprunts obligataires, 15 à 16 milliards de francs pour les augmentations de capital. Ce qui signifie qu'au lendemain de la victoire de la gauche les circuits d'épargne et de financement ont été remis en marche.

La balance des paiements ne s'est pas dégradée et le déficit de nos échanges commerciaux et de la balance courante se révèle, en fin d'année 1981, un peu inférieur à ce qu'il a été en 1980.

Les exportations progressent, en volume, de 4 à 5 % en dépit d'un commerce mondial stagnant, ce qui signifie que la France gagne des parts de marché.

La croissance de la masse monétaire demeure légèrement inférieure à celle du PIB en valeur.

Jamais, en dépit de ces résultats, les questions ne sont fondées sur l'état de notre économie. A chaque rencontre, les dirigeants d'entreprises m'interrogent sur l'idéologie : la leur et celle qu'ils prêtent à la gauche. « Monsieur le Premier ministre, que pensez-vous du profit ? Monsieur le Premier ministre, que pensez-vous de la rupture avec le capitalisme ? Monsieur le Premier ministre, que pensez-vous de l'autorité du patron dans l'entreprise ? »

La même incompréhension qu'il y a un siècle. Une incompréhension fondée sur l'ignorance. Une ignorance entretenue par la peur. Une peur cultivée par les forces politiques qui ont intérêt à caricaturer la gauche pour conserver leurs positions de pouvoir.

Face à ces questions, j'évoque les conséquences des révolutions technologiques et industrielles, je décris le lent cheminement des forces sociales, l'émancipation du monde ouvrier, la prolétarisation des ruraux, l'homme jeté au pied des machines, aliéné, brisé.

Plus je m'attache à répondre, plus j'explique, plus je m'entends accuser de tenir un discours idéologique, de parler politique. Parce que depuis des décennies on tente de convaincre les Français que l'économie libérale serait une science exacte dont la maîtrise serait réservée à quelques spécialistes sortis de nos meilleures écoles. C'est d'ailleurs le manuel de Raymond Barre à la main que la plupart de nos commentateurs continuent de regarder l'évolution du monde. Si, par hasard, ce qu'ils voient ne correspond pas à ce qui est écrit dans leur livre, alors vous les entendez fulminer et jeter l'anathème contre les faits. Ils sont devenus nos nouveaux clercs. Ils estiment être les gardiens de la loi alors qu'ils ne sont que les conservateurs d'une idéologie desséchée.

Je me demande même jusqu'à quel point l'échec de Valéry Giscard d'Estaing et de Raymond Barre n'est pas, en partie, dû à leur goût pour l'idéologie. Le libéralisme – qui correspond, à leurs yeux, à la vérité – devait triompher même contre les réalités économiques et sociales. On constate les conséquences d'un tel entêtement chez certains de nos partenaires du monde occidental.

Ce n'est d'ailleurs pas l'un des moindres paradoxes de la situation française que de voir une gauche soucieuse de prendre en compte les réalités économiques succéder à une droite aveuglée par ses présomptions idéologiques !

Paradoxe qui vaut bien celui de ma première journée de chef du gouvernement. Ma première décision est donc de défendre la monnaie, alors qu'à l'inverse de l'équipe précédente nous ne sommes pas des monétaristes. Il ne faut, en effet, pas compter sur nous pour appliquer en France les idées de Milton Friedman ou de ses disciples. Ils portent, me semble-t-il, une responsabilité dans la terrible crise que traverse l'économie mondiale.

La conduite de l'économie d'un pays moderne ne se réduit pas au contrôle de la quantité de monnaie. Pour autant, parce que la gauche est réaliste, nous ne devons pas renouveler certaines erreurs des expériences passées. Je sais bien que c'est souvent sur la difficulté à maîtriser les équilibres monétaires et financiers que les socialistes ont achoppé naguère. Je suis donc pleinement conscient que, sans une monnaie stable, une inflation réduite, une épargne abondante et des circuits financiers en bon état de marche, rien ne sera possible.

La cohérence de la démarche

Voilà pourquoi nous devons être prudents. Voilà pourquoi la relance de la consommation populaire, favorisée en juin et juillet 1981, demeure plus limitée que je ne l'aurais souhaité. Nous ne pouvons prendre le risque d'une brusque flambée inflationniste. D'autant que nous avons hérité de la gestion précédente un niveau d'inflation qui est le double de celui de nos principaux partenaires commerciaux. Aucune monnaie ne peut, durablement, résister à un tel décalage.

Chacun voit bien comment, à chaque étape, la

monnaie devient un moyen de faire pression sur notre vie politique. Un ancien ministre d'État, Michel Poniatowski, n'hésite pas à déclarer à des journaux étrangers que notre monnaie sera dévaluée deux fois durant l'année 1982. Et, à l'occasion des élections cantonales de mars 1982, nous devons faire face à une vague de spéculation. Faut-il redire, après le général de Gaulle, que s'en prendre au franc, c'est affaiblir la France ? Faut-il rappeler qu'indépendamment de nos diversités d'opinions, la monnaie ne doit jamais être utilisée comme un enjeu électoral ?

La gauche, c'est évident, ne se laissera pas dicter sa conduite par la spéculation. Nous développons notre politique économique comme nous l'entendons, sans nous laisser distraire par les tentatives de diversion qui, désormais, se succèdent à un rythme accéléré. Mais, chacun le comprend, une nouvelle politique ne se construit pas en un jour. Dès le début de l'été 1981, c'est pierre par pierre que nous entreprenons donc de mettre en place le nouvel édifice. D'abord en créant, dès le mois de juin, les conditions d'une réanimation de l'économie, par l'accroissement du pouvoir d'achat des plus défavorisés, par la relance du secteur du bâtiment, par la mise à la disposition des entreprises de moyens nouveaux pour financer leurs investissements. Puis, pendant l'été, en élaborant le budget pour 1982 en fonction d'un double objectif. D'une part, il s'agit de replacer notre économie sur le chemin de la croissance par un effort considérable d'investissement, d'aide aux entreprises, de travaux publics, de recherche et d'économie d'énergie. D'autre part, il nous faut répartir l'effort fiscal demandé à chacun de manière plus équitable, en engageant la réforme de l'impôt sur le revenu et en instituant un impôt nouveau sur les grandes fortunes, tâche à laquelle Laurent Fabius s'est attaché sans attendre.

Le 15 septembre, je présente à l'Assemblée nationale un programme d'ensemble de lutte contre le chômage, dont l'objectif est de stabiliser dans les mois suivants, puis d'inverser avant la fin de l'année 1982 la courbe des demandes d'emploi.

Au début du mois d'octobre, dès que les circonstances l'ont permis et en étroite concertation avec nos partenaires européens, nous procédons à un ajustement monétaire qui nous permet de disposer d'un taux de change adapté à la politique de croissance que nous entendons suivre. Mais cette opération ne peut avoir d'effets bénéfiques durables que si nous sommes capables de réduire le rythme excessif d'inflation qui nous a été légué. C'est la raison pour laquelle Jacques Delors propose un ensemble de mesures en matière de prix, de revenus et de gestion des finances publiques. Il nous faut faire tomber progressivement la fièvre de la hausse des prix qui mettrait en péril notre politique de croissance et d'emploi si elle se prolongeait.

Pendant ce temps-là, Michel Rocard, le ministre du Plan et de l'Aménagement du territoire, élabore un plan intérimaire de deux ans. Ce plan éclaire l'horizon, définit les nouvelles règles du jeu proposées par le gouvernement, trace les voies d'un rétablissement durable de nos équilibres économiques et le rythme des réformes que nous conduirons.

Par étapes, semaine après semaine, Conseil des ministres après Conseil des ministres, nous précisons les axes de notre politique industrielle et nous programmons le calendrier des réformes sociales, en fonction des capacités de notre économie.

La démarche d'ensemble est donc progressive, méthodique et prudente. Car je sais bien que, dans les premiers mois, c'est d'abord sur sa capacité à gérer l'économie, à tenir les grands équilibres, notamment en matière d'emploi, de prix et de monnaie, que la gauche sera jugée. Trop de voix se sont élevées, avant le 10 mai, pour annoncer que sa victoire entraînerait une inflation à 25 %, l'effondrement de nos réserves et la généralisation des grèves. Bref, la ruine et le désordre. Il est vrai que, dans le passé, la gauche a péché par excès de précipitation dans la mise en œuvre de ses projets généreux et qu'elle n'a pas pu, en conséquence, préserver les équilibres économiques.

De ce point de vue, je le dis très simplement, les résultats acquis après un an de gestion me paraissent positifs. L'inflation n'a non seulement marqué aucune accélération par rapport à la tendance du début de l'année, mais elle a même diminué à partir du dernier trimestre de 1981. Le déficit des finances publiques est limité à 3 % du produit intérieur brut. La progression du chômage ralentit nettement. Alors qu'à la fin de 1981 et au début de 1982 le chômage a progressé de 30 % en Allemagne fédérale et de 20 % aux États-Unis, alors que durant la dernière année du gouvernement de Raymond Barre l'augmentation était en France de 23 %, nous l'avons déjà ramené à 6,8 % à la mi-1982.

Certains jugeront peut-être que, pour un gouvernement de gauche, là n'est pas l'essentiel. Sans doute, mais sans maîtrise de la gestion quotidienne de l'économie, rien n'est possible. Une économie assainie constitue le môle grâce auquel il est possible ensuite d'édifier les grandes réformes que nous voulons pour la France.

Que n'ai-je pourtant pas entendu sur le manque de cohérence de la politique gouvernementale ? Les critiques traduisent souvent, me semble-t-il, une certaine incapacité ou un certain refus d'accepter une cohérence différente de celle qui a été ressassée sans relâche par les gouvernements précédents. Ainsi de l'alternative chômage-inflation. A entendre les porte-parole de l'opposition, nous serions condamnés à choisir entre deux politiques également inacceptables. Il faudrait, soit lutter contre le chômage en acceptant un surcroît d'inflation, soit agir sur la hausse des prix en se résignant à une nouvelle augmentation du chômage.

Les termes de cette alternative, non seulement je les récuse, mais chacun a pu constater, en France et dans d'autres pays, à quels résultats ils aboutissent. Le chômage et l'inflation progressent parallèlement et conduisent l'économie au déclin et la société à la révolte.

Je pense, pour ma part, qu'une relance soigneusement contrôlée de l'économie peut permettre à la fois de faire reculer le chômage et de ralentir la hausse des prix. Dans une économie où la demande s'accroît, l'utilisation des capacités de production se redresse, les coûts unitaires de l'industrie diminuent et la productivité s'améliore, il devient possible de faire reculer l'inflation, à condition toutefois que les rémunérations évoluent de manière modérée.

Comment ne pas voir que la remise au travail du plus grand nombre possible de Français est le seul moyen de mettre un terme au gaspillage fantastique que représente le chômage. 2 millions de chômeurs, c'est plus de 100 milliards de francs perdus pour notre économie, pour le budget de l'État, pour le financement de la Sécurité sociale et de l'UNEDIC. C'est donc l'équilibre de nos finances publiques gravement mis en péril par la récession. C'est au contraire par l'expansion que nous rétablirons ces équilibres.

Mais, nous a-t-on alors expliqué, n'y a-t-il pas péril à relancer l'économie française plus vite et plus tôt que ne le font nos partenaires étrangers ? J'observe, en premier lieu, que si chaque pays reste l'arme au pied dans l'attente des autres il ne sera pas possible avant longtemps de retrouver ensemble le chemin de la croissance. Mais surtout, les moyens que nous nous sommes donnés pour favoriser la reprise sont raisonnables et bien adaptés à la situation présente.

Le logement par exemple, sous l'impulsion du ministre de l'urbanisme, Roger Quilliot, est devenu une priorité nationale. Outre la dimension sociale d'une telle action, elle constitue l'un des moteurs de la relance. En privilégiant les économies d'énergie, les investissements qui – tels le bâtiment et les travaux publics – ont un faible contenu en importation, en fournissant à l'industrie les moyens de répondre, par un développement de l'offre nationale, à ce surcroît de demande, nous reculons les limites de la contrainte extérieure qui s'exerce sur nous. Nous ne la supprimons pas pour autant, il est vrai. Chacun a pu constater, par exemple au début de l'année 1982, les effets négatifs sur les économies européennes de la conjoncture américaine, la hausse du dollar et des taux d'intérêt notamment.

Je prendrai un autre exemple. Dans l'idéologie libérale, la dépense publique est par essence inutile, malfaisant, alors que la dépense privée est par principe bonne pour l'économie. La gauche ne partage bien évidemment pas de tels a priori. Quand l'État engage, comme il le fait en 1982, des sommes importantes pour développer les économies d'énergie ou l'innovation, c'est une « bonne » dépense pour l'ensemble de notre économie. A l'inverse, quand des investisseurs privés stérilisent une partie de leur épargne dans des placements improductifs, par souci de dissimulation fiscale ou pour réaliser des plus-values rapides, ils ne rendent pas service à l'économie. C'est donc bien une autre logique que nous proposons aux Français, même si notre environnement demeure l'économie de marché.

27 MAI 1981 :
Le social

Il est 9 heures quand ma voiture franchit le portail de l'Élysée. Déjà le premier Conseil des ministres. Bientôt un rituel sera créé. J'entre dans le bureau du secrétaire général de la présidence de la République où je retrouverai désormais chaque mercredi, outre Pierre Bérégovoy, le secrétaire général du gouvernement, Marceau Long, ainsi que Jacques Fournier, Michel Charasse et Michel Vauzelle, respectivement secrétaire général adjoint, conseiller auprès du secrétaire général et porte-parole de l'Élysée.

Ils préparent déjà le communiqué qui sera publié à l'issue des travaux du Conseil des ministres et ils vérifient à nouveau la liste des questions finalement retenues à l'ordre du jour.

Nous traitons de la difficulté du jour lorsqu'un huissier vient me chercher pour me conduire chez le président de la République. Pierre Bérégovoy et Marceau Long nous rejoignent. Avant d'aller retrouver les membres du gouvernement qui commencent à se rassembler dans la salle du Conseil, François Mitterrand passe en revue les dossiers dont nous allons devoir débattre. C'est une précaution car, en réalité, il a déjà eu l'occasion d'en parler dès le lundi avec le secrétaire général du gouvernement, afin d'arrêter l'ordre du jour et, surtout, nous en avons discuté longuement le mardi matin, autour d'un petit déjeuner.

Le Conseil des ministres

Un Conseil des ministres illustre bien, me semble-t-il, le style des Républiques. Je me souviens des récits de ceux de mes amis qui ont eu l'occasion de participer à des gouvernements de la IVe. Le ton était libre, très libre même parfois. Les travaux se déroulaient dans un certain brouhaha qui, il est vrai, n'était guère de nature à troubler des hommes rodés au régime d'assemblée. Rien de tel sous la Ve République. Le code fixé demeure. Je mesure la rigidité, mais aussi la réelle valeur symbolique de ce protocole, à chaque fois, par exemple, que le chef de l'État quitte le territoire national ou y revient. Quelle que soit l'heure, en effet, le gouvernement se rassemble à l'aéroport. Une fois les ministres réunis, j'accueille le président de la République. Je l'accompagne pendant qu'il les salue puis je le suis jusqu'à la passerelle, s'il s'agit d'un embarquement. Combien de fois déjà n'ai-je, dans le crachin de l'aube, emprunté cet interminable tapis rouge bordé de gardes républicains ? Pendant ce temps, les ministres restés dans le salon d'honneur se précipitent, frigorifiés et encore mal réveillés, sur le café chaud qui les attend.

Imperturbables, le Président et moi-même passons les troupes et la fanfare en revue. Nous écoutons l'hymne national. Au bas de la passerelle, je serre la main de François Mitterrand et je le regarde gravir les marches. Dès que la portière de l'appareil est fermée, le colonel commandant la garde m'invite à repasser sur le front des troupes. Je mesure à quel point les fondateurs de la Ve République ont eu le souci, jusque dans le détail, d'assurer la permanence de l'État et la continuité de la gestion. A un point près toutefois : Rien de précis n'est arrêté en cas de changement de président de la République. On l'a bien vu au lendemain du 10 mai lorsqu'il a fallu fixer les modalités de la passation des pouvoirs. La Ve République a tout prévu, sauf l'alternance !

Du fait de ces traditions et de ce protocole, nos réunions de Conseils des ministres tiennent, me semble-t-il, de l'assemblée de cardinaux. Quand le Président et moi-même descendons l'escalier pour rejoindre la salle du Conseil, nous ralentissons toujours le pas pour laisser à la rumeur qui monte jusqu'à nous le temps de s'apaiser. L'apparition de l'huissier qui nous précède y suffit. Nous entrons alors dans le silence. Le chef de l'État commence son tour de table et salue les membres du gouvernement.

Le seul manquement à l'étiquette est sans doute la pratique de ce que je suis tenté d'appeler le service du courrier interministériel. Environ une heure après le début des travaux, les enveloppes commencent à glisser de main en main. Peu disponibles, n'ayant pas toujours le temps de se rencontrer, les ministres profitent du Conseil pour se passer des messages. Ils résistent d'autant moins que, devant eux, du papier et une petite pile d'enveloppes ont été préparés. Car ces échanges sont aussi vieux que les Républiques. Le circuit bute toutefois sur un obstacle : le Président, qui siège au centre de la table. Pas question en effet de lui demander de glisser l'enveloppe à son voisin. Assis en face de François Mitterrand, j'assiste au manège. Que faire ? Si, moi aussi, je parais ignorer les enveloppes, je réduis singulièrement le circuit de communication. Chaque moitié de la table se trouve isolée. Comme je suis tout aussi partisan du dialogue est-ouest que du dialogue nord-sud, j'entre dans le jeu et crée cette complicité avec mes ministres. Les enveloppes peuvent passer par le Premier ministre. La chaîne n'est pas rompue.

J'aurais d'autant plus mauvaise grâce à ne pas participer que je suis le principal destinataire des messages. Je repars de chaque Conseil avec quinze à vingt missives plus ou moins hâtivement griffonnées et réclamant toujours des réponses urgentes.

Pendant ce temps s'égrène l'ordre du jour. D'abord la « partie A », c'est-à-dire les textes qui sont adoptés sans débat. Chaque ministre présente les projets qui relèvent de ses compétences. J'ai, pour ma part, la charge des textes exceptionnels, comme par exemple les nationalisations ou les ordonnances sociales.

Vient ensuite la « partie B », c'est-à-dire les nominations. Et je dois dire que Charles Hernu tient, sur ce registre, une place exceptionnelle. Je n'aurais jamais imaginé que les armées pussent compter autant d'officiers généraux et qu'à chaque Conseil quasiment le gouvernement fût ainsi amené à distribuer étoiles et commandements ! Mais il faut dire que les rotations dans cette administration sont particulièrement rapides. Tous les deux ans en principe.

François Mitterrand dirige les débats mais limite ses interventions. Il les réserve aux principaux dossiers. Sa manière de présider peut varier presque à l'infini. Il est, alternativement, royal ou tendre, grave ou enjoué. Tout dépend du sujet, de l'ambiance, du contexte.

Mais le Conseil des ministres prend vraiment son envol avec la « partie C », la dernière, qui correspond à des communications pouvant être suivies de débats. Je dis bien « pouvant », car les silences sont, au cours de ces réunions, souvent aussi importants et significatifs que les propos tenus. Il est vrai que le président de la République fait strictement respecter la règle selon laquelle ne parlent que les ministres qui ont vraiment quelque chose à dire. Si le débat s'instaure, le président de la République le conclut toujours en me donnant la parole afin que j'arbitre entre les points de vue qui se sont exprimés. Il s'exprime éventuellement ensuite.

Cette « partie C » s'ouvre immuablement par l'exposé du ministre des Relations extérieures sur la situation internationale. Il s'agit là d'un héritage qui remonte à la monarchie, un de ces traits propres aux vieilles nations gorgées d'histoire. Avant de débattre de tout autre sujet, nous nous préoccupons de l'état du monde et de la place et du rôle de la France. Chaque mercredi, avant mon départ pour l'Élysée, mon aide de camp, me remet une enveloppe contenant une brève étude sur les principaux « points chauds » de la planète. Cette tradition est d'une certaine manière l'équivalent de la boîte aux dépêches qui, à Londres, trône au milieu de la Chambre des communes et par-dessus laquelle travaillistes et conservateurs argumentent depuis des décennies.

La retraite à 60 ans

Pour ce premier Conseil des ministres du septennat, l'ordre du jour est quelque peu différent. En effet, avant d'ouvrir nos dossiers, le Président nous salue et insiste sur le fait que, « tout en restant fidèles à nos engagements », nous cessons d'être les représentants de nos partis pour être ceux de la France. Dans ma réponse, je rappelle qu'au lendemain des élections législatives de 1978, alors que certains se désespéraient et trouvaient que la majorité sociologique du pays tardait à devenir sa majorité politique, François Mitterrand avait dit : « Qui se souvient du nom du président de la République à l'époque de Jean Jaurès ? » Il avait raison. La parole du peuple l'emporte toujours sur la froide mécanique des institutions. Nous ne devons jamais l'oublier, nous qui avons aujourd'hui la charge de rendre au peuple un pouvoir dont il s'est senti depuis si longtemps exclu.

Et, afin de témoigner de notre orientation et de l'esprit dans lequel nous entendons traiter les affaires du pays, je propose une première série de mesures et la mise en chantier de quelques projets de loi significatifs. Parmi ces décisions figure la retraite à 60 ans.

Il s'agit de permettre à tous les travailleurs qui le souhaitent – ce n'est donc pas une obligation – de cesser leur activité et de disposer d'une retraite décente, condition d'un véritable choix. Et déjà, le communiqué du Conseil des ministres précise que des dispositions seront prises en vue de limiter les cumuls abusifs entre des revenus provenant d'une activité et des pensions de retraite.

La rapidité de cette prise de position, qui correspond pourtant à un engagement électoral, suscite chez certains spécialistes des questions sociales, qui parfois se réclament de la gauche, des réactions d'inquiétude. La traduction concrète de ce slogan qu'est devenue « la retraite à 60 ans » se révèle, en effet, problématique. Depuis que la gauche revendique le droit à une retraite « à taux plein » pour tous à partir de 60 ans, bien des choses ont évolué. Les gouvernements successifs et les partenaires sociaux ont apporté des réponses partielles, mais réelles, au problème. La montée du chômage a également pesé dans cette évolution.

Des accords interprofessionnels ont défini une garantie de ressources gérée par l'assurance chômage. Ce système, provisoire et contractuel, n'est pas un système de retraite. Il s'agit d'un outil extrêmement onéreux, dont 20 % de la charge reposent sur l'État, qui a été mis en place par nos prédécesseurs surtout pour limiter les effets du chômage.

Dès lors que nous généralisons la retraite à 60 ans, il nous faut rebâtir un vrai système de retraite. Avec la garantie de ressources, la droite était en train de miner l'idée d'une épargne permettant de bénéficier de la retraite. Une idée profondément ancrée pourtant dans la conscience ouvrière et que nous devons réhabiliter. Le gouvernement n'a toutefois un pouvoir de décision que pour le régime de base. Il n'intervient pas dans le fonctionnement des caisses complémentaires. C'est ce que souhaitent les partenaires sociaux et c'est donc ce que nous avons fait. Aux intéressés de négocier entre eux.

Les 39 heures

Dès ce premier exemple, je mesure le caractère extraordinairement complexe de tous les dossiers sociaux. Nous ne sommes plus en 1936. Nous ne vivons plus une période où il fallait conquérir des mesures qui, au bout du compte, étaient imposées par le gouvernement. Cette situation ne correspond plus aux mécanismes de notre société. Et il n'est d'ailleurs pas souhaitable que le gouvernement décide de tout. Les partenaires sociaux assument des responsabilités importantes dans la gestion de notre système de protection sociale. Le gouvernement en tient compte, et leur donne les moyens de faire passer le changement, dans les faits. Il les oblige, par sa démarche, à discuter et à négocier. Il n'impose pas le changement.

Je sais bien que c'est difficile. Je sais bien que patrons et syndicats préféreraient parfois nous obliger à trancher. Mais il me paraît indispensable, dans la mutation en cours, que chacun assume ses responsabilités.

Cette volonté de renouer le dialogue, voire de le

provoquer, dicte toute notre démarche, qu'il s'agisse de la réduction de la durée du travail ou de la mise au point des « contrats de solidarité ». Trois semaines seulement après l'entrée en fonctions de François Mitterrand, j'ai réuni dans la grande salle de Matignon l'ensemble des partenaires sociaux pour relancer les négociations sur la réduction de la durée du travail engagées depuis 1978 et qui n'avaient pu aboutir. En l'espace de six mois, nous avons pu conclure. Le mouvement de négociation que nous avons suscité a été le plus important depuis 1968, et cela dans le calme et la paix sociale. Dans certaines branches professionnelles, le dialogue que nous avons réamorcé était parfois interrompu depuis dix ans et plus.

Cette négociation, et en particulier le passage de la durée légale hebdomadaire de travail de 40 à 39 heures, a suscité bien des débats. Je revois les nombreux repas partagés avec André Bergeron, le secrétaire général de Force ouvrière. La conversation roule surtout sur ses thèmes favoris : la Sécurité sociale, les caisses de retraites, l'UNEDIC. Il est là sur son terrain, il parle de secteurs gérés depuis des années par son organisation. En revanche, je le sens se raidir et prendre ses distances dès que j'aborde les questions brûlantes des nouveaux droits des travailleurs dans l'entreprise, sans même parler des perspectives de l'autogestion. Edmond Maire, à l'inverse, m'apporte sur ces thèmes l'appui chaleureux de la CFDT. Même si je lui ai reproché, en octobre 1981, de vouloir avancer plus vite que la musique, je sais bien que, syndicats et gouvernement, nous lisons la même partition ; bien que, souvent, sur un rythme différent ! Pour cette première étape vers les 35 heures, nous avions pourtant été clairs et François Mitterrand a résumé notre position en rappelant que « pas un travailleur ne doit craindre pour son pouvoir d'achat à la suite de l'application des 39 heures ».

Qui pouvait imaginer qu'un gouvernement de gauche, qu'un gouvernement qui fonde la relance de notre économie, notamment, sur la consommation populaire, aurait pu agir autrement ? Il n'était pas concevable que des travailleurs gagnent moins à la fin de février 1982 qu'à la fin de janvier. D'ailleurs, le gouvernement a donné l'exemple. Dans la fonction publique et dans le secteur public et nationalisé, partout le passage à 39 heures s'est effectué en maintenant le salaire. Et nombreuses sont les branches et les entreprises qui ont suivi l'exemple.

Mais pourrons-nous aller de la même manière jusqu'aux 35 heures ? Le débat est ouvert. Le parti socialiste, les autres formations politiques, les organisations syndicales et professionnelles y participent et c'est indispensable. C'est ainsi que l'on pourra accentuer le mouvement et franchir, par la voie contractuelle, de nouvelles étapes dans la réduction de la durée du travail. Le débat autour de l'ordonnance sur les 39 heures n'avait pas lieu d'être puisque à ce stade le problème d'un éventuel partage des revenus n'était pas posé. Il peut en revanche surgir lors de nouvelles réductions qui ne pourraient être entièrement compensées par des gains de productivité. Il appartient aux partenaires sociaux d'en discuter, au niveau des branches professionnelles et des entreprises. Les dispositions légales viendront ultérieurement fixer le droit tel que le rapport des forces l'aura imposé dans les faits. Telle est notre conception de la concertation et du dialogue social qui sont l'affaire de tous les partenaires et non du seul gouvernement. Il n'y a donc eu aucun changement de cap le 16 avril 1982 lorsque j'ai reçu le CNPF. J'ai répété aux patrons ce que j'avais dit aux syndicalistes. A présent que le dialogue social a été ranimé, il incombe aux partenaires sociaux de poursuivre, par la négociation et la convention, dans la voie ainsi ouverte. C'est pourquoi, en 1982 et 1983, les réductions de la durée du travail devront se faire à leur initiative, par des accords de branches et d'entreprises. La réduction de la durée légale du travail ne précédera pas ce mouvement.

Tous, patrons et syndicalistes, chaque fois que je les rencontre, insistent sur l'importance de la politique contractuelle et, notamment, sur la libre négociation des salaires. C'est aussi mon opinion. La « police des salaires », le « dirigisme des revenus », je suis contre. C'est pourquoi je refuse de faire prendre par le gouvernement des dispositions réglementaires ou législatives pour imposer des normes salariales. Mais je constate qu'en dépit de ce consensus sur le principe le réflexe de mes interlocuteurs reste de reprocher au gouvernement de ne pas intervenir lorsqu'ils jugent que l'accord final n'est pas satisfaisant. Je pense notamment à mes nombreuses rencontres avec Henri Krasucki, devenu mon interlocuteur pour la CGT. J'apprécie qu'il trouve « globalement positif » le bilan du gouvernement mais, dans le détail, il le met souvent en cause. Il est en réalité surtout soucieux d'établir, au sein des entreprises, un rapport de forces qui soit favorable à son organisation. Ce qui m'étonne toujours, c'est que les syndicalistes ou les chefs d'entreprises qui avancent ce genre de reproche ne semblent pas se rendre compte qu'ils proposent en fait une forme d'étatisme. L'État tranche tout, régente tout. Je sais bien que cette tentation est profondément enracinée dans notre société. Et pas seulement à gauche. Ce n'est pourtant pas notre démarche.

Les contrats de solidarité

Même phénomène avec les « contrats de solidarité » qui sont l'instrument central de notre politique de partage du travail. Partage du travail, pourquoi ? C'est à cette question qu'il faut répondre pour bien pénétrer le sens du contrat de solidarité. Ici convergent la nécessité économique, la prise en compte de l'évolution technique, enfin la volonté d'améliorer les conditions de travail.

Partager le travail est nécessaire en France, aujourd'hui, parce que, même en allant au maximum de la croissance économique possible, nous ne pouvons stopper l'augmentation du chômage, à plus forte raison le faire diminuer. Le partage du travail est donc le complément indispensable de la politique de croissance. Ce qui signifie du même coup qu'il ne saurait, par ses clauses, en compromettre le succès.

L'évolution technique est animée par l'extension prodigieuse de l'informatique. L'automatisation croissante des processus de production dans l'industrie et les services, ainsi que des systèmes d'information et de communication, rend à la fois possible et souhaitable la diminution du temps consacré au travail par chacun. Les grands ordinateurs, les micro-ordinateurs, les microprocesseurs, les banques de données, la télématique, les systèmes informatiques de tailles diverses viennent progressivement relayer le travail humain. Dès lors, chacun peut et doit travailler moins afin d'assurer l'équilibre de notre société.

J'ai pu le mesurer concrètement, le 5 avril 1982, en parcourant les stands du salon international des composants électroniques. Spectacle fascinant que celui de ces « puces », à peine grosses comme une tête d'épingle, et capables aujourd'hui de contenir un million de circuits. L'exposant qui m'a offert le chèque de l'avenir anticipait de bien peu notre vie quotidienne de demain : Il s'agit d'une simple carte plastifiée, comparable aux cartes de crédit actuelles, que les commerçants pourront introduire dans un terminal d'ordinateur et qui débitera automatiquement nos comptes en banque.

Ces techniques nouvelles vont bien sûr alléger les tâches, voire supprimer certaines fonctions. Il faut bien prendre conscience que l'aspiration sociale à la réduction de la durée du travail converge avec la nécessité économique et l'évolution technique. Diminuer la peine, réduire le champ du temps contraint, libérer du temps pour le loisir et l'enrichissement personnel sont des revendications permanentes. L'abaissement de la durée du travail est la plus tangible des conquêtes sociales, à condition, bien sûr, que l'on combine les forces de production pour gagner en productivité. Car si certains progrès techniques dans l'industrie de l'électronique et de l'informatique, par exemple, peuvent remettre en cause certaines activités, ils permettent à l'inverse d'importants gains de productivité.

Ces trois tendances convergentes s'appliquent aux entreprises, mais elles concernent aussi les services publics. La réduction de la durée du travail peut et doit alors s'accompagner d'une extension et d'une amélioration des prestations publiques. Il faut que les citoyens puissent accéder plus facilement, selon des horaires plus adaptés, à des services qui correspondent mieux à leurs besoins, par exemple en matière de santé, d'orientation, de formation... J'ai d'ailleurs voulu donner l'exemple dans ma mairie de Lille, ce qui n'est pas allé sans quelques difficultés passagères.

Les contrats de solidarité donnent le moyen de mettre en œuvre cette politique. Grâce à des aides de l'État et des financements par les régimes de retraites, ils ouvrent deux possibilités. D'une part, le départ anticipé et volontaire en retraite de salariés situés dans la tranche d'âge de 55 à 60 ans. Ils sont alors remplacés, nombre pour nombre, par des plus jeunes. D'autre part, l'embauche de salariés supplémentaires – les jeunes et les chômeurs bénéficiant ici d'une priorité – grâce à une réduction significative de la durée du travail, qui doit être d'au moins deux heures inférieure à la durée légale.

Comme son nom l'indique, le contrat de solidarité résulte d'une négociation entre les partenaires dans l'entreprise ou la collectivité locale, puis entre l'État et l'entreprise ou la collectivité locale. C'est pourquoi j'estime qu'il correspond à de véritables petits « accords Matignon » à domicile. En 1936, tout avait été arbitré au niveau national ; nous, au contraire, nous donnons la possibilité de réaliser des progrès entreprise par entreprise, en fonction des réalités locales, de la situation de chaque branche industrielle.

Mais le contrat doit également demeurer un acte de solidarité. Les membres de la communauté de travail doivent faire en sorte d'accueillir de nouveaux membres, et en tout premier lieu des jeunes et des chômeurs. Autant dire qu'il s'agit de concevoir et de mener l'opération en termes d'évolution de l'entreprise, de ses structures, de ses conditions de production et de ses conditions de travail. Il s'agit donc bien d'un acte de rénovation de l'entreprise et non, comme on l'a dit, d'une opération statique de pure redistribution des emplois ou des horaires. Il n'est donc pas question d'écarter l'exigence de compétitivité mais, tout au contraire, de faire jouer mutuellement recherche de la compétitivité et augmentation de l'emploi. C'est là notre logique. Elle est très différente, il est vrai, de celle qui veut fonder l'amélioration de la rentabilité sur l'augmentation du chômage.

Faire admettre cette nouvelle approche n'est pas chose aisée. Je me souviens que durant mon « tour de France de l'emploi », à la fin de 1981, nombreux étaient ceux qui s'étonnaient de ne pas me voir signer plus de

« contrats de solidarité ». D'abord les aménagements réglementaires et législatifs n'avaient pas pu encore être effectués. Ils ne l'ont été qu'à la fin de mars 1982, après l'adoption de toutes les ordonnances sociales. Ensuite, il me fallait le temps de convaincre les partenaires sociaux et le patronat en premier lieu. Pas plus que les syndicats de salariés, les organisations regroupant les chefs d'entreprises ne sont homogènes. Si, dans la vie, la frontière séparant les grandes entreprises des petites et des moyennes se révèle incertaine, il suffit de recevoir tour à tour les représentants du CNPF et René Bernasconi, porte-parole des PME pour la découvrir. Car ce ne sont pas du tout les mêmes mentalités. Je l'ai également constaté durant ce tour de France de l'emploi. Les entreprises qui comptent plusieurs centaines de salariés ont l'habitude de travailler avec les administrations, elles ont souvent des contrats avec l'État. Je ne prétends pas que la victoire de la gauche a nécessairement fait plaisir à leurs dirigeants mais, après quelques mois, ils ont vu que le gouvernement était un interlocuteur sérieux et ils s'adaptent à sa politique. Les patrons des petites entreprises, en revanche, ont toujours considéré l'État avec suspicion et cette attitude s'est bien sûr aggravée avec l'arrivée de la gauche au pouvoir. L'ensemble des patrons a néanmoins assez facilement compris que les contrats de solidarité offraient l'intérêt de départs anticipés à la retraite, facteur de rajeunissement du personnel et de diminution des coûts salariaux. Ils ont été en revanche hésitants devant l'obligation, prévue dans les contrats, de maintenir, deux années durant, leur effectif global. Opérer une substantielle réduction du temps de travail leur pose à l'évidence plus de problèmes, dans la mesure où cela suppose la plupart du temps une organisation différente de la production, un gain de productivité hors norme et un certain partage de la charge qui peut demeurer avec les salariés.

C'est d'ailleurs ce dernier point qui, fort naturellement, constitue pour ceux-ci le problème le plus épineux. Il est légitime que les salariés – et surtout les moins payés – continuent à lutter pour l'amélioration de leur situation. Il ne saurait être question de ne pas continuer à faire progresser les plus bas salaires ou de diminuer des feuilles de paye. Enfin, certaines entreprises peuvent payer 35, 36 ou 37 heures – par exemple – comme 40, si elles parviennent à adopter de nouveaux modes de production qui le permettent.

Mais chacun doit comprendre que, lorsque les gains de productivité ne sont pas suffisants pour gager le surcroît de charges entraîné par l'embauche de personnel supplémentaire résultant d'une forte réduction de la durée du travail, il faut boucler les comptes en aménageant la masse salariale. Une partie des salariés doit pouvoir accepter, dans ce cas, une moindre amélioration de sa situation – voire même quelques sacrifices par rapport au principe du maintien du pouvoir d'achat – pour permettre à des jeunes et à des chômeurs d'obtenir des postes de travail. Tout repose, une fois encore, sur la négociation.

Dans les collectivités locales, l'aspect le plus difficile à faire accepter par le personnel communal est l'extension ou l'assouplissement des horaires d'accès des usagers. J'ai pu m'en rendre compte dans ma mairie. Il est bien certain que des habitudes doivent être changées et que tout changement exige un effort. Il faut donc expliquer à chacun qu'une modulation des heures de présence est la contrepartie légitime d'un abaissement de la durée du travail. Après les quelques hésitations initiales, c'est une chose qui me paraît maintenant comprise et acceptée.

Il reste malgré tout bien du chemin à parcourir. J'ai vu des cas où le personnel, consulté sur un contrat de solidarité, désavouait l'accord donné par les syndicats. Pour l'ensemble du secteur bancaire par exemple, aucun accord n'est intervenu, alors qu'il aurait rendu possibles des embauches et une amélioration des services rendus au public.

Notre conception pénètre peu à peu, cependant. Une branche entière, la métallurgie, l'a entérinée par une convention. Un nombre croissant d'entreprises s'efforce de la rendre opératoire sous des formes diverses. Telle d'entre elles – une compagnie d'assurances – la combine avec le programme des départs anticipés à la retraite. Telle autre prévoit d'agir progressivement en ce sens, en distinguant selon les catégories de main-d'œuvre. Le résultat est maintenant une prolifération des contrats de solidarité, tant au niveau national que départemental. La régie Renault, l'Aérospatiale, la Garantie mutuelle des fonctionnaires, de grandes banques et de grandes compagnies d'assurances, des groupes multinationaux, comme de nombreuses entreprises moyennes particulièrement performantes ou de petites entreprises désireuses de se rajeunir ont retenu cette formule. Nous pouvons espérer atteindre, d'ici la fin de l'année 1982, et à ce titre, l'objectif d'une embauche de 100 000 personnes par création ou remplacement.

En vérité, notre logique progresse et progressera encore en fonction de l'imagination que les entrepreneurs et leurs salariés mettront en commun pour intégrer le couple « réduction du travail/embauche » dans le développement de l'entreprise.

Le départ en retraite anticipée d'hommes et de femmes de 59 à 55 ans – car il faut d'abord la proposer aux plus âgés – pose à l'évidence des problèmes psychologiques. Pour les surmonter, il ne suffit pas de tabler sur l'esprit de solidarité que peut illustrer cet acte. Pour beaucoup de gens, ces âges sont vécus comme encore riches d'un potentiel d'activité. C'est pourquoi nous n'avons pas envisagé d'autre formule que le volontariat. Mais il faut bien voir que la population active est composée de catégories – j'hésite à employer ce mot pour regrouper les destins de mes concitoyens – fort diverses. Un ouvrier de la métallurgie qui transporte des charges ou travaille au feu depuis l'âge de 16 ans, une vendeuse ou une serveuse qui passe debout une grande partie de sa vie de travail depuis 40 ans aspirent à se reposer, à « vivre enfin ». Les cadres n'ont évidemment pas le même point de vue, du moins en général. Encore que nombre d'entre eux envisagent aujourd'hui volontiers de quitter la production afin de faire tout ce qu'ils ont rêvé et n'ont pu réaliser jusqu'ici, afin d'enrichir leurs connaissances, de cultiver leurs loisirs et de s'adonner à leurs violons d'Ingres. Dans l'ensemble, nous assistons donc à des pressions des salariés pour que leurs entreprises organisent, en souscrivant des contrats de solidarité, des départs anticipés volontaires en retraite au profit des membres du personnel les plus âgés.

Je ne peux que les encourager dans cette voie. D'autant que chacun doit être conscient que les contrats de solidarité constituent une solution transitoire. Ils n'ont pas vocation à exister éternellement. Ils ne sont utiles, dans la lutte contre le chômage, que pendant les années où l'effectif des jeunes arrivant sur le marché du travail est sensiblement supérieur à l'effectif des départs en retraite.

Pour galvaniser les énergies dans cette lutte pour l'emploi, il me faut agir principalement sur deux terrains : l'opinion publique et l'administration. A la première action a correspondu mon « tour de France ». Je suis allé voir les gens chez eux pour écouter leur point de vue, prendre connaissance de leurs problèmes, dialoguer, leur expliquer la politique du gouvernement. En ce qui concerne l'administration, mais aussi les chefs d'entreprises et les syndicalistes, j'ai mis en place un organe interministériel, la Mission nationale de lutte pour l'emploi, structure légère. Elle est chargée de lancer les contrats de solidarité et de coordonner l'action des différentes administrations en matière de lutte contre le chômage. A ce dernier titre, elle complète la politique des contrats de solidarité par des actions sectorielles, par exemple dans l'artisanat. Elle est également chargée de lancer le programme de formation professionnelle et d'insertion sociale des jeunes de 16 à 18 ans et d'en coordonner la mise en œuvre entre les différentes administrations intéressées, l'Éducation nationale, le Travail, la Formation professionnelle, la Solidarité et la Jeunesse et les Sports.

La formation professionnelle

Nous ne pouvons en effet livrer toute une partie de notre jeunesse à la seule école de la rue. Or le chômage touche, au premier chef, les moins de 25 ans et, parmi eux, les moins formés. Pourquoi chercher ailleurs la progression de certaines formes de petite délinquance ? Lorsque je me suis rendu, début mars, devant la Commission européenne de Bruxelles, j'ai d'ailleurs souhaité que la formation professionnelle des jeunes soit retenue comme un dossier prioritaire. J'ai constaté avec plaisir que telle avait été la décision prise au sommet européen d'avril.

L'explosion de joie au soir du 10 mai a été largement celle des jeunes. Pour beaucoup d'entre eux, c'était le retour de l'espoir. Le changement, pour eux, c'est d'abord l'idée qu'ils ne sont pas irrémédiablement condamnés à l'inutilité et au chômage. Ils vont avoir un rôle à jouer, ils vont pouvoir participer à la construction de l'avenir. C'est pourquoi, dès le mois de juin, le gouvernement a inscrit, parmi les mesures urgentes, le « plan avenir-jeunes ». Mais il fallait aller beaucoup plus loin. Une action de grande ampleur est nécessaire. Le problème le plus grave est celui des quelque 160 000 jeunes de 16 à 18 ans qui, chaque année, abandonnent leurs études dès la fin de la scolarité obligatoire. Ces jeunes ont, en général, vécu leur expérience scolaire comme un échec et arrivent sur le marché du travail avec un très lourd handicap. Sans qualification, sans diplôme, après quelques expériences de travail précaire, ils se retrouvent condamnés à la passivité, et vont grossir les rangs des chômeurs de longue durée.

Pour faire avancer ce dossier qui me tient à cœur, je n'ai pas cessé de recourir à la fois à l'autorité et à la persuasion. Que de réticences, voire de résistances, de tous côtés ! Des années de résignation ont fait perdre le sens de l'audace et le goût des entreprises nouvelles. Pourtant, il nous faut absolument innover dans ce domaine si nous voulons vraiment traiter les difficultés que rencontrent les jeunes.

L'idée de base du plan pour les jeunes de 16 à 18 ans est que, désormais, aucun jeune ne devrait entrer dans la vie active sans avoir reçu auparavant une formation professionnelle. Donner cette formation à tous les jeunes, faire en sorte que les moins favorisés d'entre eux ne soient plus pris à la gorge par la nécessité de gagner leur vie dès 16 ans répond à une obligation nationale. Cela répond aussi aux exigences de notre développement économique qui dépendra très largement, dans les années à venir, de l'accroissement de la qualification des travailleurs. C'est, par rapport à beaucoup d'autres pays, l'une de nos plus grandes chances.

Notre objectif est donc que les jeunes, sans être soumis aux contraintes d'une scolarité obligatoire, se voient offrir la possibilité d'achever une première formation professionnelle après 16 ans. L'itinéraire normal pour les jeunes garçons sera désormais d'entrer dans la vie professionnelle seulement à l'issue de leur service national, qui peut être effectué dès l'âge de 18 ans.

Pour parvenir à ce but, il convient de mobiliser des moyens importants. Il s'agit, en premier lieu, d'accroître les capacités d'accueil de l'enseignement technique et d'améliorer les conditions de formation dans les lycées d'enseignement professionnel. En 1982, les LEP doivent accueillir 20 000 jeunes en plus des effectifs de la rentrée de 1981. D'autre part, tous les moyens de la formation professionnelle ont été mobilisés pour mettre en place de nouvelles « formations en alternance » qui vont accueillir 100 000 jeunes de 16 à 18 ans. Dans le même temps, un effort systématique est fait pour renforcer les moyens d'information, de conseil et d'orientation professionnelle.

Pour l'ensemble de ces actions, le principe retenu est celui de l'alternance. Nous nous inspirons, dans ce domaine, des recommandations du rapport élaboré par le Pr Bertrand Schwartz. L'alternance en matière de formation est une idée dont on a beaucoup parlé mais qui, jusqu'à présent, a été peu mise en pratique. Et pourtant, il s'agit là, sans doute, de l'une des idées les plus fécondes pour l'avenir de la formation professionnelle. Qui ne voit aujourd'hui qu'un métier ne peut pas s'apprendre et une véritable culture technique s'acquérir que par les seules études conduites entre les quatre murs d'une école ?

La véritable formation résulte d'une confrontation

permanente entre l'approche théorique et la pratique. Les aller et retour entre l'établissement de formation et le monde professionnel sont indispensables. Certes, ce mode de formation nécessite une organisation solide. Les relations entre les établissements de formation et les entreprises doivent être définies sans ambiguïté, et il doit être clair que la responsabilité pédagogique des enseignants et des formateurs demeure entière.

Au-delà de son efficacité pédagogique, l'alternance présente un autre avantage. Elle apporte une réponse aux aspirations et aux attentes des jeunes. Ils sont nombreux, aujourd'hui, à mal supporter le statut scolaire. L'évolution de notre société leur apporte, dès l'adolescence, une capacité d'autonomie et de liberté beaucoup plus grande que dans le passé. Dès lors, ils ne comprennent pas que, pour assurer leur formation, on doive les placer dans une situation de dépendance et d'irresponsabilité. Ils ne comprennent pas, non plus, qu'on les tienne à l'écart, isolés dans les écoles du reste de la société, comme si on se méfiait d'eux. Ce qu'ils veulent, au contraire, c'est participer très tôt à la vie collective ; c'est, tout en étant différents de nous, tout en inventant de nouveaux modes de vie et une nouvelle culture, partager les responsabilités des adultes ; c'est venir, aux côtés de ceux-ci, s'initier à la vie professionnelle. L'alternance, dans cette perspective, est une chance que nous devons saisir. Par la voie de la formation professionnelle, elle permet de lutter contre les clivages et les incompréhensions entre les générations. Ces incompréhensions n'ont, semble-t-il, fait que s'accroître au cours des dernières décennies. Aujourd'hui, de larges possibilités nous sont ouvertes pour renouer le dialogue entre les générations. Nous devons prendre garde de ne pas recommencer les rendez-vous manqués de l'après-guerre. Il nous faut retrouver des pratiques qui remontent loin dans notre histoire, lorsque, passé l'enfance, les jeunes participaient à la vie sociale et accédaient très tôt aux plus lourdes fonctions et aux responsabilités.

Les ordonnances

Pour mettre au point toutes ces mesures sociales, attendues par les Français, souhaitées par une large majorité de députés, j'ai choisi de recourir à la procédure des ordonnances. Le Parlement croule en effet sous les textes, et les sessions extraordinaires se multiplient plus qu'il n'est raisonnable. Je dois dire que, si je n'avais pas su, par hypothèse, à quoi sert un Parlement, l'épisode des ordonnances me l'aurait appris. Car les remarques et les conseils des élus, qui eux restent au contact direct des Français, sont indispensables. Ils constituent un antidote par rapport aux techniciens qui environnent le gouvernement. La Ve République s'est jusqu'à présent trop méfiée des élus, nous devons leur rendre leur place, toute leur place.

Le bilan des ordonnances me semble néanmoins exceptionnel. Il s'agit de l'ensemble de mesures sociales le plus important pris depuis la Libération. Et il s'agit d'un ensemble particulièrement cohérent. Chaque décision, chaque procédure tend à favoriser la lutte contre le chômage. C'est le fil conducteur de tout notre dispositif social. Les mesures prises par ordonnances expriment donc des préoccupations économiques autant que sociales.

Préoccupations économiques : un pays où le chômage s'accroît devient inévitablement un pays où la demande intérieure se réduit et où, par conséquent, le marché cesse de soutenir l'appareil de production national : un pays en décroissance.

Préoccupations sociales : au coût économique du chômage, il faut ajouter le coût social d'un tel gaspillage de ressources humaines, moins facile à calculer, plus ruineux encore pour la société, dans le présent et surtout pour l'avenir.

Puisque nous avons retenu la règle du partage du travail, une première application a été la réduction de la durée hebdomadaire, avec, en corollaire, une réduction parallèle du volume des heures supplémentaires admises. Il ne servirait à rien en effet de réduire la durée de la semaine de travail si les effets de cette mesure sur l'emploi étaient annulés par un recours croissant aux heures supplémentaires.

Deuxième application : l'encouragement aux politiques, menées par les entreprises et les collectivités locales, qui visent simultanément une réduction plus forte de la durée du travail et la création d'emplois. Apporter une aide publique à de telles politiques est le but recherché par les contrats de solidarité, qui diminuent les charges sociales de ces entreprises et de ces collectivités locales.

Troisième application : l'abaissement de l'âge de la retraite à 60 ans. Jointe à tout un dispositif (quatre ordonnances) qui l'accompagne et le prolonge (lutte contre le cumul, cessation d'activité dans la fonction publique, etc.), cette mesure, qui crée un droit et non une obligation, ouvre la possibilité d'embauche par le remplacement des salariés souhaitant en bénéficier. Les formules de départ en préretraite offertes par les contrats de solidarité en renforcent les effets.

Au moyen de ce premier groupe d'ordonnances, le gouvernement cherche d'une part à susciter une reprise de l'embauche, d'autre part à assouplir l'organisation du temps de travail, à faire en sorte que la situation de l'entreprise permette la réduction globale de la durée du travail et s'accompagne d'une meilleure utilisation de l'appareil productif ou d'un meilleur fonctionnement des services publics.

C'est le même souci qui a conduit le gouvernement à se pencher sur les formes de travail, « exceptionnelles » en droit jusqu'à aujourd'hui, mais en fait de plus en plus répandues dans l'économie. Les ordonnances sur le travail à temps partiel, le travail temporaire et les contrats à durée déterminée ont précisé les modalités de recours à ces formes de travail, qui correspondent à des besoins sociaux et à des nécessités économiques, mais dont l'usage avait été trop souvent dévoyé.

Ce recours se trouve clairement circonscrit : il doit effectivement correspondre à un impératif économique pour l'employeur ou à un besoin social pour le salarié. En outre, les salariés se trouvent, quant à leurs garanties et à leurs droits, réintégrés dans la communauté du travail.

Comme dans toutes les ordonnances s'est exprimée la double volonté du gouvernement : créer les conditions de la croissance économique et permettre une avancée sociale attendue en vain, pendant des années, par les travailleurs. Cela en assurant les conséquences comptables de ces deux objectifs.

Travailler moins pour vivre mieux ; pouvoir prendre sa retraite plus tôt lorsqu'on a accompli, dès le plus jeune âge, des travaux particulièrement pénibles, ou réduire progressivement son activité pour éviter une coupure trop brutale ; bénéficier, quand on travaille à temps partiel ou de façon temporaire, des mêmes garanties que les autres salariés, avoir enfin la possibilité de partir en vacances : autant d'ouvertures vers une plus grande justice sociale dont toute la société ne peut que bénéficier. Car, pour être durables, progrès social et progrès économique doivent aller de pair.

Les partenaires sociaux

Nous avons permis le changement, dans ce domaine comme dans bien d'autres. Il convient à présent de l'amplifier, de le faire pénétrer dans l'ensemble du corps social. Et sur ce plan, à nouveau, le rôle des partenaires sociaux et, notamment, des syndicats se révèle irremplaçable. Or la division syndicale pose un grave problème. Je sais qu'elle est, pour une part, le reflet de l'histoire de la gauche. Mais on aurait tort de s'arrêter à ce niveau d'analyse. D'abord parce que socialistes et communistes sont les deux rameaux d'une même branche, ce qui n'est pas le cas, par exemple, de la CGT et de la CFDT. Ensuite parce que les oppositions entre les forces politiques de gauche ne sont pas de même nature que celles qui surgissent entre les centrales syndicales. Socialistes et communistes ont connu bien des conflits, mais ils ont toujours su qu'ils ne pourraient vaincre qu'ensemble et qu'il leur faudrait donc, un jour, se retrouver.

Rien de tel pour les syndicats. Au contraire, certains d'entre eux ont une longue pratique de gestion de notre système de protection sociale. Il en est résulté une certaine connivence avec le pouvoir politique d'hier. D'autres centrales, et notamment la CGT, ont été en revanche tenues le plus possible à l'écart. Si la victoire de la gauche implique un rapprochement entre les forces politiques engagées dans une gestion commune, elle menace de se traduire, pour les centrales syndicales, par une certaine revanche, ceux qui étaient exclus hier de la gestion cherchant à supplanter ceux qui bénéficiaient du système précédent. Je l'ai bien senti, par exemple, à travers la réforme de la Sécurité sociale. Chez certains, la tentation était grande d'envoyer Force ouvrière « au piquet » sous prétexte qu'elle avait « collaboré », ces dernières années, avec le patronat. Il n'était pas question pour le gouvernement de s'engager dans cette voie. C'était entrer dans cette logique de concurrence que je déplore. Toute notre action tend au contraire à favoriser l'existence d'un front syndical homogène qui puisse être pour les pouvoirs publics un partenaire. Durant cette première année, nous avons surtout établi un climat, en multipliant les contacts, les échanges, la concertation. Je suis, à ce propos, toujours surpris d'entendre certains syndicalistes se plaindre d'une concertation insuffisante. Je crains qu'ils ne se méprennent sur le sens du mot. Se concerter, c'est se mettre d'accord pour agir ensemble. Je viens d'expliquer que tel est bien l'objectif que nous poursuivons, qui est essentiel pour un plein succès de notre politique. Cela ne signifie pas accepter automatiquement les revendications des uns et des autres, ni même nécessairement les solutions qu'ils suggèrent. D'autant que la tradition française repose sur le pluralisme des syndicats et sur leur volonté manifeste, d'ailleurs souhaitée par les travailleurs français, d'indépendance par rapport au gouvernement.

Il en résulte même une certaine démobilisation. La gauche bénéficie, en effet, aux yeux de tous les Français et donc aussi des syndicats, de la garantie de durée qui lui est conférée par les institutions. Nombreux sont dès lors nos compatriotes qui attendent les résultats sans ressentir la nécessité de participer à l'action. J'éprouve parfois le sentiment d'être entouré de spectateurs, souvent bien disposés, qui se contentent de regarder si le gouvernement se tire d'affaire. Ce n'est pas cela le changement. Celui-ci implique le dialogue. Même si là n'est pas le chemin le plus court, c'est certainement le plus sûr.

Il importe donc qu'au-delà de la légitime diversité et du légitime pluralisme syndical se dégage un dénominateur commun qui permette de diffuser le changement dans l'ensemble de la société. C'est une condition indispensable pour approfondir des mutations engagées.

Car nous ne pouvons, au niveau de l'État, pousser beaucoup plus avant. Il y va du maintien de nos grands équilibres économiques. Il est en effet impossible de dégager les financements nouveaux exigés par le changement et de conserver intégralement l'héritage des mesures prises par nos prédécesseurs. Il faut émonder, tailler, élaguer. J'ai donc demandé à chaque membre du gouvernement de descendre dans la mine de son ministère afin d'y rechercher les ressources qui sûrement sont récupérables.

Nous avons déjà fait beaucoup. Jamais aucun gouvernement n'a, depuis vingt ans, permis une telle augmentation du pouvoir d'achat pour les catégories les plus défavorisées. Je comprends néanmoins que certaines impatiences demeurent, même si toutes les démarches des organisations professionnelles ne me paraissent pas dépourvues d'arrière-pensées politiques. Je comprends, par exemple, que les agriculteurs s'inquiètent de la détérioration de leur pouvoir d'achat. Mais je note que ce phénomène s'est produit tout au long du septennat précédent et qu'il ne touche pas, de la même façon, l'ensemble des agriculteurs. J'observe aussi que si les 8 millions d'agriculteurs que compte la Communauté européenne se préoccupent de leur pouvoir d'achat, il en va de même des 10 millions de chômeurs qu'il nous faut aujourd'hui dénombrer au sein de l'Europe des dix.

Les cadres

Je comprends également l'inquiétude des cadres. Je voudrais leur dire que tous, techniciens, agents de maîtrise, cadres administratifs et commerciaux, ingénieurs, ont effectivement joué un rôle décisif dans notre développement économique depuis trente ans. Ils ont été les premiers acteurs de cette entrée à marche accélérée de la société française dans la civilisation industrielle contemporaine. Mais les cadres, placés à la pointe des responsabilités, ont été également frappés de plein fouet par la crise économique. Ils ont dû s'adapter, adapter leurs modes de gestion et les processus de fabrication aux nouvelles exigences économiques, à une nouvelle division internationale du travail et aussi à de nouvelles revendications de partages de responsabilités au sein des entreprises. Ils ont été, pendant très longtemps, des chefs incontestés. Ils doivent maintenant devenir des animateurs d'équipes, des animateurs du changement. Sans leur pleine participation, il n'y aura pas de relance économique, il n'y aura pas de relève du défi technologique, il n'y aura pas de progrès social.

Si je reprends l'exemple du programme pour l'insertion professionnelle et sociale des jeunes de 16 à 18 ans, il comprend une multiplication des stages dans l'entreprise. Ces stages en entreprise ne sont utiles et ne permettent une insertion réussie que dans la mesure où les cadres jouent le jeu, j'allais dire se prennent au jeu, se passionnent pour l'avenir des jeunes.

La France a besoin de ses cadres, de ses ingénieurs, de ses techniciens. Elle doit leur faire la place qui est la leur ; elle doit bien les traiter. Encore faut-il que les cadres eux-mêmes voient la réalité telle qu'elle est. On me dit qu'ils s'inquiètent des nouveaux droits des travailleurs. Qu'ont-ils à craindre, sinon de plus grandes possibilités données à leur action et à leur intervention, dans l'expression des travailleurs, dans la négociation collective, dans une plus grande cohésion de la collectivité du travail ? Ils ont un rôle nouveau à jouer dans l'entreprise nouvelle. Pourquoi en auraient-ils peur ?

Les cadres, me dit-on, s'inquiètent d'un soi-disant égalitarisme du gouvernement de gauche. Où ont-ils vu cela ? Nous voulons redresser la situation des plus démunis. Nous voulons mettre fin aux privilèges exorbitants. Nous recherchons l'équité, mais pas l'égalitarisme. Les mesures prises dans le budget 1982 ne touchent que les revenus très élevés. La plupart des cadres voient leurs impôts augmenter moins cette année, en francs constants, que les années précédentes. On parle souvent, en effet, des cadres écrasés par la fiscalité. Je voudrais donner, à ce propos, quatre éléments d'appréciation :

– Il y a 15 millions de contribuables qui paient l'impôt sur le revenu. Pour la première fois depuis 1975, les tranches de barème sont intégralement indexées sur la hausse du coût de la vie. Nos prédécesseurs faisaient, à l'inverse, augmenter la pression fiscale dès la 4e tranche, c'est-à-dire 6 500 francs par mois pour un ménage avec deux enfants.

– Le plafonnement du quotient familial ne touche que 130 000 contribuables.

– L'impôt sur les grandes fortunes concerne 200 000 contribuables.

– L'effort de solidarité pour financer les caisses d'assurance-chômage touche 1 million de contribuables, à partir de 200 000 francs de revenu annuel pour un ménage avec enfants.

En conclusion, pour un ménage avec deux enfants qui gagne 16 500 francs par mois (200 000 francs par an), la pression fiscale augmente, en 1982, de 0,5 %. Si ce ménage a 3 enfants, la pression fiscale augmente de 0,18 %. Au-dessous de ce revenu mensuel de 16 500 francs, il n'y a pas d'augmentation.

Si je crois nécessaire d'apporter ces précisions, c'est parce que, après une sorte de « round d'observation », la Confédération générale des cadres, la CGC, exprime son désaccord. Mais dans une certaine confusion. Les intérêts des VRP, les voyageurs et représentants de commerce, recoupent mal ceux des cadres de l'industrie. Ces derniers sont en droit d'attendre beaucoup de la gauche et du gouvernement. Leur revendication majeure porte traditionnellement moins sur le pouvoir d'achat que sur la responsabilité dans le travail. Or, c'est la droite qui a toujours cherché à leur confisquer cette responsabilité. Notre démarche, chacun le sait bien, est inverse puisque nous privilégions l'homme et non le capital.

Chacun peut mieux apprécier maintenant combien on aurait tort de minimiser la portée des dix-huit ordonnances sociales élaborées par le gouvernement durant le premier trimestre de 1981. Il s'agit d'une avancée exceptionnelle. Si elle apparaît moins spectaculaire que celle de 1936, c'est parce qu'elle a été effectuée sans conflit social majeur. Or, on se souvient davantage des luttes que du contenu des mesures, à l'exception bien sûr de la révolution des congés payés. Mais il n'existe plus de revendication aussi immédiatement novatrice à satisfaire.

En 1936, le gouvernement du Front populaire avait en quelque sorte permis aux travailleurs de cueillir les fruits qui se trouvaient sur l'arbre. Ils étaient disponibles. En 1981, nous avons planté des arbres. Il appartient à présent aux partenaires sociaux de les soigner, de les faire fructifier et d'organiser les récoltes.

23 JUIN 1981 :
L'industrie

Je découvre encore physiquement Matignon. La présence de gardes républicains, jour et nuit, à quelques mètres de moi, me surprend toujours, comme demeure une surprise de n'avoir que quelques pas à faire pour passer de ma chambre au bureau. Finies les promenades lilloises, les longues marches. Bien sûr, cela peut sembler pratique. Mais c'est aussi un piège car la tentation est forte, dès lors, de ne plus sortir et de réduire la France aux dimensions de Matignon.

Il est vrai que nombreux sont les visiteurs d'un Premier ministre et plus nombreux encore, hélas ! ceux qui souhaiteraient le rencontrer. Et je ne tarde pas à découvrir que rares sont, parmi ces visiteurs, les porteurs de bonnes nouvelles.

Quarante-huit heures à peine après les élections législatives qui nous ont tous plongé dans l'allégresse, l'un de mes conseillers techniques m'informe qu'il vient de recevoir Philippe Boulin, le patron de Creusot-Loire. Les informations qu'il lui a communiquées sont inquiétantes. Le groupe Creusot-Loire, géant de 40 000 salariés, premier constructeur français de biens d'équipement, se trouve dans une situation financière délicate. La crise de la sidérurgie, la réduction continue des investissements en France, des pertes à l'exportation consécutives à des marchés risqués, ont entraîné une perte qui, cumulée sur plusieurs exercices depuis 1974, atteint le milliard de francs. Des mesures de redressement sont indispensables et urgentes. Une fois de plus, je mesure le poids de l'héritage qui nous a été légué par ceux qui, hier, se proclamaient « spécialistes » des dossiers économiques.

A vrai dire, le président de Creusot-Loire est venu avec une solution. Elle est simple et élégante. Sa mise en œuvre peut intervenir sans délai, si du moins le gouvernement n'y fait pas obstacle. Il suffit que Creusot-Loire fusionne avec sa filiale à 70 %, Framatome, entreprise prospère, bien gérée, constructeur national de chaudières nucléaires qui dispose, grâce aux avances de son client EDF, d'une trésorerie florissante. L'objectif du responsable de Creusot-Loire est, bien entendu, de payer moins d'impôts en compensant des bénéfices ici par des pertes là. Si l'accord de l'administration est nécessaire, c'est que les 30 % restants du capital de Framatome sont détenus par le Commissariat à l'énergie atomique (CEA), établissement public. Philippe Boulin semble d'ailleurs penser qu'il peut, à la rigueur, se passer de tout feu vert.

Je ne sais si Philippe Boulin espérait qu'un accord rapide lui serait donné sur cette opération, ou s'il avait conscience qu'il venait de déclencher une très grosse affaire. Je constate en tout cas très vite que le montage proposé ne recouvre qu'une petite partie du problème industriel posé.

Quelques jours après en effet, un nouveau visiteur s'annonce à l'hôtel Matignon. Il s'agit de Didier Pineau-Valencienne, PDG de Schneider SA, qui est reçu par mon directeur adjoint de cabinet. Schneider SA est la maison mère de Creusot-Loire et Didier Pineau-Valencienne tient à faire savoir que, si Philippe Boulin a agi avec l'autonomie qui lui est reconnue, il a néanmoins un actionnaire principal et que cet actionnaire peut avoir d'autres visées que les siennes.

Car ce président affable et souriant ne manque pas, lui aussi, de soucis. A la barre depuis moins d'un an, il essaie de redonner à ce groupe disparate, perturbé par la gestion fantasque du baron Édouard-Jean Empain, une cohérence industrielle. Il s'efforce de trier les activités et de définir des stratégies. Il sait qu'il peut compter sur quelques fleurons : Jeumont-Schneider, Merlin-Gerin, Spie-Batignolles. Il sait – douloureusement – que les activités de la sidérurgie (à Caen), de la construction navale (France-Dunkerque) et de la machine-outil (H. Ernault-Somua) sont déficitaires et il souhaite s'en défaire. Creusot-Loire s'ajoute au tableau.

Didier Pineau-Valencienne expose donc sa stratégie. L'avenir de son groupe, pense-t-il, passe par le renforcement des secteurs dans lesquels il détient le plus d'atouts : la construction électrique et électronique, les transports, l'ingénierie, le nucléaire. Ces secteurs nécessitent des investissements massifs et Schneider SA n'a pas d'argent.

Le dossier Empain-Schneider

Le groupe ne compte, pour ainsi dire, aucun actionnaire. L'entrelacs des participations croisées, des prises de contrôle, des minorités de blocage, réelles ou supposées, donne lieu à un schéma hallucinant. En me montrant l'organigramme financier des sociétés qui contrôlent Schneider, l'un des membres de mon cabinet me dit : « On dirait le schéma des canalisations d'une raffinerie de pétrole ! »

Je distingue, tout en haut, la famille Empain, la compagnie financière de Paribas, dont la nationalisation vient d'être décidée, et un certain nombre de holdings intermédiaires détenus par des amis. Je ne sais d'ailleurs pas exactement des amis de qui il s'agit ! Entre les deux, quelques douzaines de sociétés fantômes. Personne n'est capable de me dire, même à la direction du Trésor, si Paribas contrôle ou non le groupe.

Ce qui me semble clair, en tout cas, c'est que les actionnaires de Schneider ne mettront pas beaucoup d'argent frais dans le plan de développement de l'entreprise. De sorte que, pour le mener à bien, Didier Pineau-Valencienne veut désinvestir partout où le maintien du groupe ne lui paraît pas nécessaire. Et partout, il a une bonne solution : que les pouvoirs publics, avec leur futur secteur nationalisé, se chargent des branches en difficulté.

La sidérurgie, avec la Société métallurgique de Normandie ? Qu'Usinor ou Sacilor la rachète ! Le chantier naval de France-Dunkerque ? Il a besoin d'un milliard. L'État le doit, affirme même le PDG de Schneider SA, puisque ce chantier a dû soutenir la sidérurgie normande, oubliée dans le plan sidérurgique de nos prédécesseurs ! La machine-outil ? Puisque le gouvernement a décidé de réaliser dans ce secteur un grand programme de développement, Schneider lui laissera volontiers la responsabilité d'Ernault-Somua, qui perd régulièrement dizaine de millions après dizaine de millions.

Et Creusot-Loire ? Didier Pineau-Valencienne est évidemment d'accord avec la proposition de Philippe Boulin, mais il va plus loin. Alors que le président de Creusot-Loire, en industriel attentif à la complémentarité des activités dans son entreprise, souhaite se limiter à la fusion de Creusot-Loire et de Framatome, le patron de Schneider, qui pense plutôt à ses autres filiales, ne verrait pas d'objection à ce que Creusot-Loire se dégage de sa propre sidérurgie et d'activités périphériques pour se concentrer sur le nucléaire, c'est-à-dire pratiquement sur Framatome. Le conflit entre les deux stratégies va vite se transformer en conflit d'hommes.

Pour résumer, ces industriels venaient me demander d'appliquer la bonne vieille recette mise en œuvre par la droite : les bénéfices doivent demeurer dans le secteur privé mais il appartient à l'État d'éponger les pertes. Voilà une forme de nationalisation qui ne fait pas peur et dont on a abusé ces dernières années.

Mais dans l'immédiat, il me faut tenter d'y voir clair et comprendre où se situe l'intérêt de l'État. Il n'est que trop évident, en effet, que les décisions que nous allons devoir prendre risquent non seulement d'être lourdes de conséquences pour l'avenir de Creusot-Loire, du groupe Schneider et de leurs salariés, mais aussi d'orienter de manière irréversible la politique du gouvernement sur des thèmes aussi fondamentaux que les nationalisations, le nucléaire, la sidérurgie ou la politique des filières.

Je décide, en conséquence, la mise en place d'une équipe interministérielle afin d'examiner l'ensemble du dossier. Elle rassemble des représentants de l'Élysée, des ministères de l'Industrie, de l'Économie et des Finances, mais aussi du ministère de la Mer en raison de sa compétence en matière de chantiers navals. Elle s'élargit rapidement à l'administrateur général du Commissariat à l'énergie atomique, Michel Pecqueur, impliqué au premier chef du fait de sa participation de 30 % au capital de Framatome.

La présence dans ce groupe de Michel Pecqueur illustre bien le caractère futile des accusations de « chasse aux sorcières » lancées contre le gouvernement. Adjoint d'André Giraud, il avait été désigné, par ce dernier, pour lui succéder à la tête du CEA lorsque Raymond Barre avait appelé André Giraud à la tête du ministère de l'Industrie. Cet ingénieur massif, accrocheur, expert et soucieux par-dessus tout du maintien de la compétence acquise par la France dans le domaine nucléaire s'est rapidement révélé négociateur non seulement habile mais d'une loyauté à toute épreuve.

Il nous faut, dans un premier temps, définir les objectifs, quitte à vérifier ensuite qu'ils ne sont pas contradictoires. Après quelques jours de réflexion et de discussions, j'en détermine quatre :

– Éviter un effondrement financier et social de Creusot-Loire.

– Favoriser la constitution d'un grand groupe privé performant dans le domaine mécanique.

– Assurer une maîtrise convenable de l'État sur le secteur nucléaire.

– Éviter une socialisation des pertes et une privatisation des profits.

Si le premier objectif va de soi, puisqu'il s'agit de 40 000 salariés, il n'en est pas de même des trois autres, et notamment du second. Je n'ignore pas que le parti communiste réclame avec insistance la nationalisation de Creusot-Loire, présent à la fois dans la sidérurgie, l'armement et l'atome. Il demande, au minimum, la nationalisation du secteur nucléaire. André Lajoinie, président du groupe communiste à l'Assemblée nationale, l'a déclaré, à plusieurs reprises, publiquement.

Pourtant, cette nationalisation ne me semble ni économiquement souhaitable, ni politiquement possible. Les engagements pris par François Mitterrand sont en effet d'une grande netteté. Je les ai d'ailleurs rappelés, le 8 juillet, à la tribune de l'Assemblée nationale. Seules seront nationalisées les entreprises industrielles qui figuraient sur la liste publiée avant les élections. Rien de plus, rien de moins. Quelle confiance l'opinion nationale et internationale aurait-elle en la parole du gouvernement français si cet engagement, solennellement confirmé devant la représentation nationale, était transgressé huit jours plus tard ?

Au-delà de cet argument de morale politique, les raisons économiques ne manquent pas. L'objectif de la gauche n'est pas de nationaliser l'ensemble de l'économie française. Il est indispensable de maintenir un secteur privé vigoureux, doté d'entreprises capables de jouer un rôle d'entraînement et de fédérer leur secteur d'activité. De plus, il est nécessaire, ne serait-ce que pour éviter toute déviation étatique et toute sclérose, de soumettre le secteur public à la concurrence roborative du secteur privé.

En revanche, la maîtrise de l'État sur le secteur nucléaire est une nécessité politique. L'industrie nucléaire n'est pas une industrie comme les autres. Elle constitue une carte du jeu politique et économique de la France. D'autant qu'un de nos soucis permanents consiste à éviter toute prolifération de l'arme atomique. Or, dans cette industrie, les aspects civils et militaires sont souvent imbriqués.

Mes collaborateurs ont tôt fait de m'exposer que toutes ces exigences sont, soit contradictoires entre elles, soit contradictoires avec la volonté exprimée par nos deux partenaires industriels. Il est clair en effet que l'objectif de Didier Pineau-Valencienne consiste à socialiser les pertes de la sidérurgie, de la construction navale et de la machine-outil afin de privatiser les profits de Jeumont-Schneider, de Merlin-Gerin, de Spie-Batignolles et de Framatome. Il est non moins clair que l'objectif de Philippe Boulin est de conserver la maîtrise de Framatome au sein d'un Creusot-Loire cohérent et privé. Or, nous ne pouvons laisser Schneider dans le secteur privé et nationaliser Framatome sans faire éclater Creusot-Loire. Philippe Boulin s'oppose catégoriquement à une telle perspective au nom des structures industrielles et peut-être aussi de cette légitime volonté de puissance sans laquelle il n'est pas de vrai chef d'entreprise.

Quelques contraintes supplémentaires achèvent de pimenter l'affaire. Que faire de la Société métallurgique de Normandie, si toutefois elle doit quitter le groupe Schneider ? Aucun des deux sidérurgistes français n'est vraiment partisan de la reprendre, mais aucun n'accepte qu'elle soit reprise par l'autre !

Faut-il lier l'avenir du chantier de France-Dunkerque à celui de la sidérurgie, par un raisonnement en termes de filières ? Faut-il, au contraire, saisir l'occasion d'amorcer enfin la restructuration de nos chantiers, en lui associant ceux de la Ciotat et de la Seyne ? J'écarte rapidement la première hypothèse dès qu'on m'indique que le prix de vente d'un navire n'incorpore que 5 % d'acier !

Peut-on faire jouer au CEA un rôle important dans des secteurs éloignés du nucléaire ? Ne risque-t-on pas, ce faisant, d'affaiblir la compétence et la vigueur de cet établissement qui doit, à tout prix, n'en pas manquer ?

Peut-on dissoudre Framatome dans Creusot-Loire, malgré les réticences des dirigeants de la filiale soucieux de ne pas compromettre leur réussite dans un conglomérat à perspectives incertaines ?

Peut-on mettre hors jeu les actionnaires privés de Schneider ? Ne court-on pas le risque que des cessions à des intérêts étrangers, et dont l'État n'aurait pas eu connaissance, nous mettent d'un coup en face d'un groupe dirigé par un géant d'outre-Atlantique ?

Enfin, faut-il être discret ou accepter d'évoquer l'ensemble du dossier avec les partenaires syndicaux ?

Tout le monde me recommande la discrétion absolue, par crainte d'effaroucher les fournisseurs, les clients, les travailleurs, les banques. C'est une erreur. Un gouvernement de gauche doit toujours prendre soin d'associer les représentants des travailleurs à de telles négociations.

J'accepte toutefois, au nom de considérations financières et commerciales, de ne pas respecter cette règle de bon sens politique. Un incident, au plus fort de la négociation, me prouve immédiatement que j'ai eu tort de céder.

Un matin de septembre, je découvre en effet, en première page d'un quotidien économique, l'annonce de la fusion de Creusot-Loire et de Framatome. Cette fuite oblige le gouvernement à faire ce par quoi il aurait dû commencer : informer les organisations syndicales.

A l'issue de discussions extrêmement serrées, menées notamment par le ministère de l'Économie, pour aboutir à un accord financier équitable, après que des juristes de tous bords eurent déployés leur esprit inventif, un protocole satisfaisant est enfin conclu le 27 novembre. Cinq mois ont donc été nécessaires. Cinq mois seulement. Le voilà, le rythme du changement.

Selon les termes de ce protocole, le projet de fusion n'est pas adopté. Ni Framatome ni le CEA ne perdent leur identité et leur âme. Aucune nationalisation supplémentaire n'est effectuée. Les promesses présidentielles et gouvernementales sont tenues. Enfin, Framatome est transformée en société en nom collectif.

Cette subtilité juridique permet d'atteindre simultanément deux objectifs. D'une part, Creusot-Loire voit sa situation financière considérablement renforcée, car les sociétés en nom collectif bénéficient de la transparence fiscale. D'autre part, la gestion de telles sociétés incombe à trois gérants, selon un protocole permettant un droit de veto sur des questions importantes. Ces trois gérants sont Philippe Boulin, Michel Pecqueur et Jean-Claude Leny, directeur général de Framatome. L'État conserve donc, grâce au CEA, la maîtrise du nucléaire, et Creusot-Loire est sauvé de l'effondrement.

D'autres mesures figurent dans ce protocole. Schneider SA se voit déchargée de la Société métallurgique de Normandie – provisoirement confiée à un consortium Sacilor-Usinor – et d'Ernault-Somua, qui doit rejoindre le pôle de fabrication de machines-outils créé autour de la compagnie financière de Suez. La vocation de Schneider à se concentrer sur ses activités rentables est donc reconnue. En échange, Schneider accepte d'être chef de file d'un regroupement autour de France-Dunkerque comprenant les deux chantiers navals de la Méditerranée.

Un protocole financier précis permet à l'État de tirer son épingle du jeu. Il n'y a donc ni privatisation de tous les profits, ni socialisation des pertes. Des éclaircissements ont, en outre, été obtenus des actionnaires de Schneider quant à leurs projets éventuels.

Les différents protagonistes peuvent s'estimer satisfaits. Pour ma part, je constate que nous avons réussi à maintenir l'emploi et à créer les conditions du développement des entreprises en cause sans perturber leur vocation et en nous conformant à tous nos engagements.

Ce qui me confirme dans l'idée que le traitement de tels dossiers relève d'abord d'une volonté politique.

Si l'affaire Empain-Schneider a constitué, en quelque sorte, le baptême du feu du gouvernement en matière industrielle, elle m'a convaincu que notre politique doit être conduite en souplesse et s'adapter le plus exactement possible au terrain. Je le pensais déjà auparavant.

Ce souci, je l'ai eu, notamment, tout au long du processus de nationalisation. Et ceux qui ont accusé le gouvernement de n'agir que par dogmatisme ont simplement prouvé leur refus de voir la réalité de notre pratique politique. Ils ont simplement prouvé que leur refus découle d'une opposition idéologique.

De la préparation du projet de loi de nationalisation, le fait saillant demeure certainement, là encore, la rapidité avec laquelle il a été mené à bien. Le changement conserve son rythme.

Cette célérité dans l'exécution de notre programme, tous les partenaires sociaux la jugent d'ailleurs indispensable afin de ne pas laisser les groupes industriels et bancaires dans l'incertitude de leur sort. Il nous faut soustraire les équipes dirigeantes, les cadres et l'ensemble des salariés à la tentation, bien compréhensible, de l'attentisme.

Lorsque je discute de ce projet avec le président de la République, nous savons bien que les adversaires de notre politique misent secrètement sur une hypothétique hésitation de notre part. Ils espèrent que nous serons conduits à repousser dans le temps l'application de cette réforme et, de la sorte, à toujours différer le moment de sa réalisation.

C'est, bien sûr, mal connaître notre capacité à retenir les leçons de l'histoire. Après des années d'opposition, nous avons l'intime conviction que les premiers mois du changement sont propices au lancement des grandes réformes de structure. Elles doivent prouver clairement qu'un tournant est amorcé.

De nombreux avis intéressés me parviennent néanmoins. La tâche la plus urgente, m'explique-t-on, consiste à rétablir les grands équilibres économiques. Ce n'est qu'une fois la situation redressée que l'on pourra songer aux changements de structure.

Ma conviction est au contraire qu'à trop tarder il sera plus malaisé de réussir les nationalisations. Dans ces premiers temps décisifs du changement, l'action du gouvernement se trouverait amputée d'un de ses principaux moyens d'action. Car les nationalisations constituent, pour nous, un levier essentiel, l'une des conditions de notre redressement économique. C'est ce que j'appelle « asseoir le socle du changement ». Les Français nous ont confié la responsabilité de conduire les affaires du pays, non pas pour suivre les traces de nos prédécesseurs, mais pour changer les règles du jeu.

L'hésitation est d'autant moins permise qu'avec les nationalisations les Français sont en terrain connu. Le secteur public et nationalisé fait partie de leur vie quotidienne. On oublie même trop souvent que la ponctualité légendaire de nos chemins de fer, la vieille complicité des Parisiens avec leur métro, la généralisation du transport aérien plaident efficacement pour notre secteur public. Pour les générations d'après-guerre, le modèle de la 4 CV, mis au point par les ingénieurs de Renault, a signifié, pour de très nombreuses familles populaires, l'accès aux joies de l'automobile. Car nos sociétés nationales savent se placer à la pointe de la technologie. La réussite incontestable d'Airbus, résultat à la fois d'une stratégie industrielle à long terme et d'une coopération européenne bien menée, le démontre. Le secteur public sait prendre des risques. Il a les moyens de voir loin et juste.

Les Français sont donc fiers de leur secteur public et tout naturellement disposés à le voir étendu.

Ni l'obstination, ni l'argent de nos adversaires ne peuvent, en conséquence, nous détourner de la voie choisie. Le contraste est d'ailleurs saisissant et parfois même comique entre l'acharnement de quelques doctrinaires à démontrer le caractère nocif des nationalisations et la sérénité de l'opinion.

Tout nous incite donc à aller vite. Un secrétaire d'État, Jean Le Garrec, se charge de coordonner l'ensemble des travaux préparatoires qui relèvent pour les groupes industriels de Pierre Dreyfus, et pour les banques de Jacques Delors, l'armement étant confié à Georges Lemoine, secrétaire d'État auprès du ministre de la Défense.

Lorsque j'entreprends l'étude du dossier, je constate que, pour appliquer notre programme, plusieurs voies sont ouvertes. Certains, même au sein du gouvernement, ne cachent pas qu'ils sont partisans d'une prise de participation majoritaire à 51 % dans les maisons mères. Cette formule est supposée moins coûteuse et plus simple d'application que l'appropriation totale. Vieux débat au sein de la gauche.

C'est le simple réalisme qui dicte les arbitrages. Le contrôle à 51 % peut être un moyen commode. Nous le retenons dans le cas du groupe Dassault. Nous concluons, en effet, avec Marcel Dassault, actionnaire prépondérant du groupe, un contrat aux termes duquel la puissance publique devient actionnaire principal de la société, grâce à une donation du vieil ingénieur. Sans contrepartie financière, il fait cadeau à l'État de 26 % du capital. Je ne suis pas naïf au point de croire qu'il ne sait pas réaliser de bonnes affaires et je n'ignore pas les procédés dont il use pour se faire élire député dans l'Oise, mais j'avoue que ce vieil homme qui a su conserver toute sa passion pour le ciel et les avions m'a touché. Il me fait penser au *Vieil Homme et la Mer* d'Hemingway, un texte que j'ai souvent fait travailler à mes élèves.

Marcel Dassault est d'abord un avionneur. C'est un

personnage hors du temps. Au-delà de nos divergences sur l'analyse de la société, nous sommes tombés d'accord, lors de nos rencontres durant la négociation, pour dire que, nationalisées ou pas, il n'y aura pas de grandes industries en France s'il n'y a pas de grands industriels, c'est-à-dire des passionnés. C'est l'une des raisons pour lesquelles j'insiste souvent sur le fait qu'il est indispensable de réconcilier les Français et leur industrie. Car, comme toute œuvre humaine, la réussite industrielle ne peut découler que d'une grande passion.

C'est peut-être à cause de ces échanges que, le jour de la signature de l'accord, Marcel Dassault a quitté Matignon en me disant : « Vous êtes gentil, Monsieur le Premier ministre ! »

Nous avons retenu la même démarche, au terme de tractations extraordinairement longues et difficiles, pour le groupe Matra. La complexité même de cette négociation, alors qu'un nombre très restreint d'actionnaires majoritaires détenait le contrôle de Matra, montre bien, a posteriori, que cette procédure n'était pas généralisable.

Dans le cas des cinq groupes industriels dont la nationalisation était prévue dans les propositions soumises au pays par le président de la République, un problème se pose de toute façon au niveau de la répartition du capital. Il est en effet éparpillé en de très nombreuses mains. L'État se trouverait donc dans la position délicate d'avoir à obtenir l'agrément des très nombreux actionnaires qui possèdent, chacun pour une infime partie, le capital. Séduisante à première vue, cette formule se révèle d'une application technique difficile et d'un coût élevé.

J'ajoute qu'en ne s'appropriant que la moitié des sociétés mères, nous nous condamnons à ce que la politique industrielle de ces groupes soit moins nettement dégagée de la pression du capitalisme financier. Le caractère irréversible de la nationalisation, en outre, ne serait pas garanti.

Enfin, mon souci premier demeure, comme pour l'affaire Empain-Schneider, de conserver la cohérence interne de groupes industriels aux ramifications particulièrement complexes. La nationalisation à 100 % des sociétés mères permet de maintenir cette unité et la structure interne des sociétés.

Pour ce qui est du crédit, la même volonté de pragmatisme conduit à laisser en dehors du champ de la nationalisation le secteur mutualiste et coopératif ainsi que les petites ou moyennes banques indépendantes, c'est-à-dire celles qui disposent de moins de 1 milliard de dépôts. Là encore, le souci du gouvernement est de ne pas bouleverser l'outil existant, tout en dotant la puissance publique des instruments d'une nouvelle politique de financement de l'économie.

A l'occasion du congrès des banques populaires, en octobre 1981, un groupe de syndicalistes me demande pourquoi le gouvernement a ainsi exclu les banques mutualistes. Cette question me parait curieuse. A mes yeux, la coopération et la mutualité sont, sous certaines conditions, des formes de démocratie économique supérieures à la nationalisation elle-même.

Quand on a la chance d'être coopérateur, l'outil appartient à la collectivité des travailleurs ou des épargnants. Il n'y a donc pas lieu d'en demander la nationalisation. Bien sûr, l'un des objectifs de l'extension du secteur public consiste à permettre à ceux qui sont concernés de participer à la décision. Mais la coopérative favorise un accès plus direct encore des salariés à la gestion. Toutefois, s'il est bien adapté à des entreprises petites ou moyennes, ce système n'est pas généralisable. La nationalisation est, pour les grandes unités, un instrument plus approprié de démocratie économique.

En définitive, ce sont bien les nouvelles perspectives économiques, industrielles, sociales, ouvertes par l'extension du secteur public, qui ont d'abord guidé notre démarche.

Le choix des groupes nationalisés ne relève pas du hasard. Qu'il s'agisse d'industries de base, comme la sidérurgie et la chimie, ou de nouvelles branches industrielles, comme l'électronique et les télécommunications, les pouvoirs publics sont allés au bout de leur logique et de leurs responsabilités. Depuis de nombreuses années, des masses financières considérables ont été engagées par l'État, sans que les responsabilités des uns et des autres ne soient clairement précisées.

Pour l'administration, le financement public était un moyen commode de différer l'heure des choix. Pour les groupes industriels, cet apport leur garantissait, quel que soit leur objectif, le soutien de l'État. Rendre les acteurs en présence responsables me semble la meilleure méthode pour éviter à la fois l'étatisation et le laisser-faire. C'est d'ailleurs dans cette perspective que les entreprises publiques se voient doter de leur pleine responsabilité de gestion. Elles agissent librement dans le cadre de contrats négociés avec la puissance publique. Les relations redeviennent claires.

Car, depuis des années, une demi-douzaine de groupes industriels, producteurs de biens d'équipement professionnels, représentant moins de 10 % de la valeur ajoutée de l'industrie, ont reçu, certaines fois, près de la moitié des aides publiques à l'industrie, distribuées à travers plusieurs dizaines de procédures d'aide, cumulables entre elles et mal coordonnées. J'ajoute que ces groupes ont su s'adosser à certains marchés publics comme l'armement, l'électronique, les télécommunications, l'aéronautique et l'espace.

Les groupes CGE et Alsthom Atlantique et l'ensemble de leurs filiales ont, par exemple, coûté au contribuable sur la période 1972-1977, en dehors des achats de matériel, plus de 6 milliards de francs. L'ensemble de ces aides représente beaucoup plus que le bénéfice net et presque autant que la marge brute d'autofinancement consolidée du groupe CGE.

Je m'étonne toujours de constater qu'en définitive ce sont les plus farouches adversaires des nationalisations qui, hier, faisaient montre du plus d'empressement pour utiliser les fonds publics au profit de quelques groupes privés. Grâce aux nationalisations, nous permettrons que l'aide de l'État soit moins concentrée et mieux répartie afin que les PMI reçoivent enfin leur juste part.

Combien sont-ils ces dirigeants de PMI qui s'étonnent de n'avoir jamais accès aux aides publiques ? Combien sont-ils à s'être perdus dans ce dédale de procédure et de guichets multiples qui dispensent chacun une fraction de la manne ? A l'inverse, un petit nombre de groupes initiés a trouvé son compte dans ce système complexe.

Ceux qui trouvent insuffisante l'indemnisation des actionnaires des groupes nationalisés imaginent-ils ce qu'elle aurait été si nous avions décidé de tenir compte des concours publics reçus par ces groupes ?

A ce propos, je signale que le coût global des nationalisations, étalé sur quinze ans, n'excédera pas, au maximum, 41 milliards de francs. Cette charge est inférieure à celle que l'État devra assumer lorsque viendra à échéance l'emprunt Giscard de 1973. L'État devra en effet débourser environ 47 milliards de francs pour une émission qui ne lui en a rapporté que 6,5.

Encore ce calcul est-il fondé sur l'hypothèse d'un lingot d'or demeurant à son niveau, de la fin 1981 jusqu'en janvier 1988.

D'un côté 41 milliards de francs pour permettre à la collectivité nationale d'acquérir la propriété et la maîtrise d'outils économiques essentiels au développement du pays. De l'autre 40,5 milliards dépensés en pure perte à la suite d'une indexation catastrophique.

Les nouvelles règles du jeu

Destinées à développer notre capacité industrielle, à réorienter les flux financiers vers les petites et moyennes entreprises, les nationalisations ont pourtant suscité la méfiance et parfois l'hostilité des patrons. Ils se sont sentis désarçonnés par un changement des règles du jeu. C'est pourquoi je tiens à préciser clairement les nouvelles relations qui s'établissent entre l'État et les dirigeants du secteur privé. Ces règles peuvent, me semble-t-il, se ramener à six.

La première, c'est que nous vivons dans une économie mixte où les entrepreneurs ont toute leur place. Cette situation n'est pas nouvelle. Depuis la fin de la Deuxième Guerre mondiale, la France possède une économie mixte dans laquelle les efforts de la puissance publique et ceux de l'initiative privée doivent être étroitement associés.

Je dois dire que, pour quiconque étudie notre tradition historique, ce n'est pas une surprise. L'État a toujours été, en France, à l'origine de nos grands efforts d'équipement, de nos grandes options industrielles, de Sully à Napoléon III, pour ne pas parler de périodes plus récentes. Cela fait partie de notre tradition nationale.

Et puis, ne soyons pas dupes. Le Japon ne nationalise pas, mais il a mis en place un système invisible associant l'État et le secteur privé, qui permet à ses grandes entreprises d'être très entreprenantes, en les libérant des contraintes immédiates de rentabilité. Cette informatique japonaise, dont nous craignons et admirons les performances, existerait-elle si les constructeurs avaient dû se soumettre au critère exclusif du profit ?

L'Allemagne fédérale ne nationalise pas. Encore que ses deux plus grandes entreprises soient publiques, ce que l'on oublie trop souvent. Mais elle joue des « cartels de crise » pour donner, elle aussi, à ses entreprises, la bouffée d'oxygène dont elles ont besoin.

Peut-être faut-il expliquer le particularisme de la démarche française par le caractère très rural de notre société et de notre culture. Pour un enfant du Nord, comme moi, qui porte une usine dans la tête, certaines réticences face à l'industrialisation ont toujours paru étonnantes. Mais elles existent. Et c'est l'un des obstacles qu'il nous fait lever. Voilà pourquoi je ne cesse de répéter qu'il est si important de réconcilier les Français et leurs usines.

Cet héritage rural, on en trouve la trace dans le comportement de certains chefs d'entreprises. Car la France manque encore d'entrepreneurs. J'ai pu notamment m'en rendre compte lorsqu'il a fallu choisir les administrateurs généraux des nouvelles sociétés nationales industrielles. Notre société préfère le financier à l'ingénieur, le bureaucrate au créateur. Or, chacun doit bien se convaincre que le gouvernement souhaite qu'il y ait toujours plus de Français qui entreprennent, qui risquent, qui créent. Il les aidera toujours dans cette voie. Et jamais il n'a nié la légitimité du profit escompté d'une telle action. Simplement, il estime que le profit n'est pas la seule variable économique qui doit être prise en compte, surtout au niveau de la collectivité.

Ce qui est nécessaire, c'est que les entrepreneurs

utilisent leur argent pour le réinvestir dans l'industrie, dans les activités économiques qui servent le développement du pays. Or, chacun constate que, trop souvent, les revenus du capital sont utilisés pour des achats immobiliers, fonciers, voire des achats d'or. C'est sans nul doute l'un des signes que, dans sa mentalité profonde, notre pays n'a pas encore entièrement accepté l'ère industrielle.

C'est parce que la gauche, précisément, est née de la révolution industrielle qu'elle peut aider je crois à cette mutation. Chez les salariés bien sûr, mais chez les chefs d'entreprises également.

Il importe désormais que nos réserves financières se mobilisent au service de notre appareil productif et ne soient plus gelées dans des investissements improductifs. Ne pas investir, c'est en effet hypothéquer notre avenir commun. C'est d'autant plus nécessaire que, dans le cadre de cette économie mixte qui, plus que jamais, est la nôtre, 80 % de la valeur ajoutée de l'industrie demeurent le fait du secteur privé. Le secteur public, même élargi, ne pourra donc porter seul le poids de nos investissements.

La seconde règle du jeu découle de la nouvelle organisation du crédit consécutive aux nationalisations. Les deux grands principes du métier bancaire ont toujours été la rentabilité et la sécurité. Ils sont légitimes mais, tout en les respectant, le comportement des banquiers doit s'infléchir.

Certes, il est nécessaire d'assurer la rentabilité des banques, mais leurs différentes activités ne doivent pas être commandées par la seule logique du profit immédiat. Le système bancaire doit être placé au service du secteur productif.

Ceci pose la grande question de l'articulation avec le Plan. Contrairement à ce que disent les adversaires de la nationalisation du crédit, ce n'est pas le Plan qui décide que tel ou tel crédit doit être ou ne doit pas être accordé à telle ou telle entreprise. Le banquier reste libre du choix de ses risques bancaires. Il reste libre d'accorder ou de refuser un crédit. Mais le Plan éclaire l'avenir à long terme.

Les banquiers doivent élaborer eux-mêmes une véritable stratégie de développement, un plan d'entreprise, et expliquer à l'État en quoi l'orientation de leurs investissements est conforme à l'intérêt général. Certains secteurs industriels, considérés comme prioritaires à moyen terme, peuvent dès lors faire l'objet d'une certaine sélectivité du crédit.

En ce qui concerne la sécurité, second principe de base des banquiers, chacun voit bien, dans sa vie quotidienne, que les banquiers ne prennent pas assez de risques. Il n'y a pas que les hommes politiques de gauche pour penser ainsi. Nombreux sont les chefs d'entreprises qui s'cn plaignent.

L'objectif du gouvernement n'est pas de forcer les banquiers à faire des crédits qui ne seraient jamais remboursés. Il est d'orienter peu à peu les structures bancaires vers le financement de l'investissement industriel, en favorisant les entreprises à risques et les entreprises en croissance. Il est de ne plus privilégier abusivement la sécurité du gage par rapport à l'avenir du projet.

La fonction de banquier commercial, travaillant avec des escomptes à trois mois, a toujours été relativement surdéveloppée en France. Ce que nous voulons voir apparaître, ce sont des structures de banques d'investissement, analogues aux *merchant-bankers* anglo-saxons, et des établissements plus nombreux qui soient spécialisés dans le financement de l'innovation technologique.

La principale réforme des structures bancaires repose sur la décentralisation du pouvoir de décision au sein des réseaux, de façon à rapprocher la banque de l'entreprise et à réduire les délais de décision. Étant bien entendu, cependant, que la personnalité des réseaux existants doit être maintenue.

Il faut, en outre, doter la France d'un nombre adéquat de « grandes banques moyennes », dont l'assise est régionale et qui participeront plus directement au financement de la vie économique régionale.

C'est dans le cadre de la décentralisation mise en place par la gauche que s'établissent de nouveaux rapports entre les entreprises, les organismes de crédit et les collectivités locales. Car, dans le changement engagé, tout est lié, toutes les réformes sont interdépendantes.

J'ajoute que les banques nationalisées n'ont pas vocation à se replier frileusement derrière les frontières. Elles conservent une activité internationale intense, au profit de l'économie française. Elles gardent la pleine liberté de s'associer avec des partenaires étrangers, d'ouvrir des agences au-delà des frontières, de développer des relations commerciales et financières à caractère international. La BNP, le Crédit lyonnais et la Société générale sont parmi les dix premières banques du monde et les succès remportés par ces trois établissements, qui étaient déjà nationalisés, montrent qu'il n'est pas besoin d'avoir un actionnariat privé pour franchir les frontières.

La troisième règle du jeu que je veux préciser concerne l'exportation. L'économie française a tiré des bénéfices considérables de son ouverture sur l'extérieur et du développement des échanges internationaux. Grâce au dynamisme de ses grands groupes industriels et des moyennes entreprises, la France a su affronter avec succès la concurrence internationale en se hissant, puis en se maintenant, au rang de quatrième exportateur mondial derrière les États-Unis, le Japon et la République fédérale d'Allemagne.

Cet effort d'exportation doit être poursuivi afin de renforcer notre présence sur les marchés extérieurs. Il constitue un élément clé de la politique pour l'emploi et le moyen privilégié du rétablissement progressif de l'équilibre de nos paiements courants, affecté par le second choc pétrolier. Il contribue à renforcer la confiance internationale pour la défense du franc et permet une croissance économique plus autonome.

Je constate que, dans le domaine de l'exportation, l'État est déjà présent par le biais de secteurs comme le rail, l'aéronautique et le spatial, l'électronucléaire. L'extension du secteur public doit permettre aux entreprises nationales d'aider les petites et moyennes industries à se risquer davantage sur les marchés étrangers, en mettant à leur disposition des réseaux et une expérience. Car il faut savoir que, pour un nombre d'entreprises sensiblement équivalent, il y en a dix fois plus qui exportent en Allemagne fédérale qu'en France. Le gouvernement cherche donc à mettre en œuvre une véritable politique de promotion du commerce courant, qui représente les neuf dixièmes des exportations françaises.

La quatrième règle du jeu est particulièrement importante aux yeux des patrons, puisqu'il s'agit du niveau des charges fiscales et sociales de leurs entreprises. J'ai parfaitement conscience qu'il ne peut y avoir d'économie forte sans un secteur productif prospère.

L'un des défis auquel aura à répondre notre pays sera donc de participer à un indispensable effort de solidarité, sans alourdir les charges des entreprises, afin de favoriser la reprise de l'embauche et de l'investissement. J'ajoute d'ailleurs que ces charges finissent toujours par peser sur le consommateur.

Le prix des carburants

La cinquième règle du jeu est définie par la politique des prix. Cette politique, nous avons été amenés à l'arrêter en fonction du contexte de l'année 1981, dont les tendances lourdes se sont imposées à nous. Je constate que, contrairement à certaines prédictions catastrophiques, la hausse des prix ne s'est pas accélérée du fait de la victoire électorale de la gauche. Et cela en dépit de l'opération « vérité des tarifs publics » que nous avons dû mener pendant l'été 1981. Il nous a fallu en effet effectuer un certain nombre de rattrapages, parce que nos prédécesseurs n'avaient pas relevé certains tarifs pour des motifs manifestement électoraux.

Le taux de hausse des prix demeure toutefois excessif. C'est pourquoi le gouvernement entreprend d'en infléchir la tendance. La France ne peut durablement conserver une inflation double de celle de ses principaux partenaires commerciaux.

Compte tenu de l'indexation de fait des revenus sur les prix dans notre pays, on ne peut, d'autre part, modérer les évolutions nominales que si le mouvement des prix se ralentit au préalable.

En octobre, le gouvernement arrête donc des mesures exceptionnelles et transitoires. Mais il maintient la liberté des prix comme principe directeur de la politique économique. Car cette politique respecte l'initiative et la liberté de décision des entreprises.

C'est la raison pour laquelle nous avons, par exemple, décidé que les prix des carburants ne devaient plus être fixés par l'administration. Ils étaient devenus de véritables tarifs publics, ce qui, pour le coup, trahissait chez nos précédesseurs une vraie tendance à l'étatisme. A la demande du gouvernement, les experts ont donc mis au point une formule de calcul des prix qui tient compte tant des variations de prix du pétrole que des fluctuations du dollar. Nos prix allaient pouvoir évoluer en fonction des tendances du marché mondial. Lorsqu'en février 1982 la première application pratique a été faite, les résultats obtenus étaient, à première vue, paradoxaux. Pour se rapprocher de la norme internationale, il fallait d'une part abaisser le prix de l'essence, d'autre part augmenter le fioul et le gazole artificiellement maintenus à un bas niveau de prix depuis des années. Et je comprends pourquoi. En effet, dès que ces résultats ont été connus, l'assaut a commencé. Mais qu'en serait-il des marins-pêcheurs, des chauffeurs de taxis, des agriculteurs, des routiers... Bref il ne fallait rien faire. Surtout, ajoutaient mes interlocuteurs qui croyaient abattre la carte maîtresse, à quelques semaines des élections cantonales.

A quelques jours des élections législatives de juin 1981 nous avons relevé le prix de l'essence. Nos prédécesseurs avaient, eux, choisi de ne pas le faire à la veille du scrutin présidentiel et nous prenions du retard. A la veille des cantonales, il aurait fallu, par opportunisme, renoncer à une règle de gestion que nous nous sommes donnée : ce n'était pas envisageable. Ou alors, autant dire que, dans un pays où il y a au moins un scrutin par an, il n'est pas possible de gouverner ! La formule a donc été appliquée et l'écart entre l'essence et les autres carburants commence à se réduire. Mais le redressement n'est pas achevé. Ce n'est que lorsque la réadaptation de tous les prix aura été réalisée que l'ensemble des carburants connaîtra des variations homogènes par rapport au marché mondial.

Si nous sommes donc partisans de la liberté des prix, il est bien évident que, dans notre esprit, cette liberté va de pair avec la vérité des coûts, avec une concurrence loyale. Il ne faut pas attendre du gouvernement une quelconque indulgence vis-à-vis des ententes, des abus de position dominante ou des hausses de prix spéculatives et exagérées, qui nuisent à l'économie tout entière.

C'est également la liberté contractuelle qui doit prévaloir dans les négociations relatives aux revenus. Il convient, dans ce domaine, de faire appel à la responsabilité de tous : chefs d'entreprises, salariés et administrations. Tous doivent faire en sorte qu'un juste équilibre soit observé dans la progression des prix et des revenus afin de limiter la hausse des prix.

Cet équilibre est recherché dans le cadre contractuel qui est à la base de toutes nos actions. C'est dans ce cadre que doivent être fixées les étapes, datées et chiffrées, de l'évolution des prix, des marges, des tarifs publics et des rémunérations. Le succès de cette politique repose bien entendu sur l'adhésion des partenaires sociaux à cette démarche.

Car la sixième règle du jeu s'appelle, chacun l'a compris, concertation et négociation. Qui dit partenaires sociaux dit égalité des droits et des devoirs, et par conséquent concertation et négociation. C'est vrai, à l'échelon national, entre les grandes forces sociales et syndicales. Cela doit devenir vrai aussi à l'échelon de chaque entreprise, entre employeurs et employés.

Il est temps de donner aux Français les moyens de se gérer eux-mêmes, les moyens de la liberté et de la responsabilité. C'est, me disent-ils, le plus cher désir des chefs d'entreprises. Je leur demande simplement de penser que c'est aussi le désir de millions de Français. Y compris dans les entreprises où ils travaillent !

Quant à cette dialectique de la liberté et de la responsabilité entre les différentes parties prenantes à la vie de l'entreprise, elle passe par le dialogue, par la concertation entre des organisations patronales et des organisations syndicales reconnues fortes et représentatives.

Les transformations dans les relations du travail doivent résulter du dialogue social plutôt que de procédures réglementaires. Encore faut-il que ce dialogue soit organisé et possible. A travers toutes ces décisions, le gouvernement s'applique à le favoriser, voire même à le provoquer.

Ce dialogue, cette négociation sont d'autant plus nécessaires que le monde industriel est trop complexe, trop peu homogène pour que les droits des salariés s'établissent de façon uniforme et intangible comme dans l'ensemble de la société. C'est d'ailleurs la raison pour laquelle le secteur public, ancien et nouveau, est considéré comme un champ d'expérimentation. Une politique sociale beaucoup plus ambitieuse que celle que nous proposons au secteur privé peut en effet y être menée. Les entreprises publiques sont de taille importante. Elles pratiquent, souvent depuis longtemps, une politique contractuelle. Enfin, leur statut les préserve de certaines bourrasques économiques. Il leur appartient donc, tout en maintenant leur efficacité économique, d'anticiper sur cette démocratie industrielle qui doit désormais se réaliser sur le lieu même du travail.

8 JUILLET 1981 :
La décentralisation

Il est 6 heures du matin. Enveloppé d'une robe de chambre, je traverse le premier étage d'un Matignon où seul veille un garde qui se fige aussitôt. Dans quelques heures, il va me falloir monter à la tribune de l'Assemblée nationale pour présenter la déclaration de politique générale du gouvernement. L'exercice est redoutable. Il s'agit en effet de transformer un programme électoral en programme de gouvernement, c'est-à-dire qu'il faut définir des priorités, arrêter un calendrier, bref donner au changement sa cohérence et son rythme.

Assis devant le vaste bureau que j'ai fait installer et contre lequel j'ai enfin cessé de me cogner, je travaille au texte de mon intervention. Je le sens trop long, trop décousu. Par un souci de démocratie, j'ai commis l'imprudence, lors d'une précédente réunion du Conseil des ministres, de demander aux membres du gouvernement de me fournir des éléments. Une vague a déferlé sur mes collaborateurs. Chaque contribution était presque, à elle seule, un discours. Il faut tout reprendre, avec maintenant l'inconvénient de froisser mes ministres qui risquent de croire qu'ils ont travaillé pour rien.

Je sais bien aussi que, dans le pays et au-delà, nombreux sont ceux qui attendent ce que je vais dire sur les nationalisations. Cette impatience m'étonne. Qu'espèrent-ils donc ? Qu'à peine parvenue au pouvoir la gauche va renier ses engagements ? C'est faire preuve, au choix, de naïveté ou de mépris. C'est surtout faire preuve, me semble-t-il, d'un mélange des deux. Car l'idée que la gauche ne serait qu'une sorte de « tigre de papier » dirigée par des amateurs fantasques est ancrée chez les dirigeants traditionnels du pays et elle est développée par des commentateurs parmi les plus chevronnés.

On aime bien la gauche lorsqu'elle est dans l'opposition. Elle doit demeurer une sorte de référence morale. On apprécie ses dirigeants s'ils se rapprochent des normes sociales et intellectuelles reconnues par le clan. Alors, on peut même aller jusqu'à donner quelques coups de chapeau à cette gauche. Mais surtout qu'elle ne s'avise pas de diriger la société. Elle n'est pas faite pour cela. D'abord, elle ne connaît rien à l'économie. La preuve ? Elle ne respecte pas les règles imposées par le capitalisme. Et chacun sait bien que ces règles sont bien plus que des règles, ce sont des lois « scientifiques ». « Scientifique » ! Le grand argument est lâché. Il remplace, dans nos sociétés agnostiques, la référence divine qui, depuis le fond des âges, sacralisait le pouvoir. Il a servi, hier, de la même façon, à justifier les dogmes staliniens.

La gauche dans la culture française

J'avais eu l'occasion, il y a quelques années, à la tribune d'un congrès socialiste, d'expliquer que ce n'était ni en cent jours, ni en un an, que nous pouvions modifier les comportements sociaux, les attitudes mentales, les méthodes d'éducation, les différences socioculturelles, bref l'idéologie et la culture produites par plus de cent années de capitalisme. Il y faut du temps. Le temps nécessaire pour que se développe et s'épanouisse cette « nouvelle citoyenneté » que je soulignerai dans mon intervention devant les députés.

Les structures sociales et administratives françaises n'ont en fait cessé de s'alourdir et, d'une certaine manière, de se durcir depuis l'Empire. Et je suis convaincu qu'au-delà des péripéties conjoncturelles le désir de voir le pouvoir, non seulement exercé par d'autres, mais exercé autrement, est contenu dans le vote du 10 mai. Les inégalités, dans notre pays, découlent aussi d'un manque de participation des citoyens à notre vie collective.

Ces inégalités sont flagrantes entre ceux qui savent et ceux qui ne savent pas. Entre ceux qui peuvent conduire le cours de leur vie et ceux à qui on ne demande jamais ce qu'ils veulent, ni même ce qu'ils pensent. Entre ceux qui élisent domicile et ceux qui sont assignés à résidence. Entre ceux qui commandent sans expliquer et ceux qui exécutent sans comprendre.

Assurer la « nouvelle donne » de la démocratie quotidienne, bâtir une « nouvelle citoyenneté », c'est d'abord rendre l'État aux citoyens. C'est la raison pour laquelle je tiens la loi de décentralisation pour la plus importante des réformes engagées par la gauche. Elle est sans doute moins immédiatement spectaculaire que les congés payés instaurés en 1936 par le gouvernement du Front populaire, mais, en profondeur, elle modifiera davantage le fonctionnement de notre société.

Certains s'étonnent parfois de voir la gauche réaliser une mutation qui, au siècle passé, était une revendication de la droite. Ainsi va la vie. Les idées et les analyses ne sont pas produites une fois pour toutes, indépendamment du contexte social et historique. Ou alors on ne peut parler de politique mais de théologie. Jeune militant socialiste, j'ai vécu les drames de la décolonisation, l'impuissance de mon parti. Le cœur serré, j'ai vu certains de mes amis les plus proches nous quitter. La plupart nous ont rejoint aujourd'hui et je suis le premier à m'en réjouir. Je n'ai d'ailleurs ménagé ni ma peine ni mes efforts pour qu'il en soit ainsi. Je me suis, moi-même, dans cette période, replié sur d'autres tâches, intéressé de plus près au syndicalisme et aux mouvements de jeunesse.

J'ai beaucoup réfléchi à cet épisode. Comment des hommes intelligents, sincères, ont-ils pu à ce point s'aveugler ? Je crois que l'une des principales explications provient justement du poids historique des idées que nous portons. La gauche – et notamment la gauche socialiste – a toujours été patriote. Mais elle porte aussi l'héritage d'une pensée et d'un mouvement internationalistes. Elle a été accusée, depuis plus d'un siècle, d'être une sorte d'anti-France alors qu'elle représente au contraire les valeurs les plus authentiques de notre peuple. On a pu encore, malheureusement, le constater, il y a un peu plus de quarante ans, lorsque la bourgeoisie française allait répétant : « Plutôt Hitler que le Front populaire » et lorsqu'elle est passée des paroles aux actes. Chacun connaît ce chant des sirènes.

Et pourtant, on notait, chez de nombreux dirigeants socialistes de la IVe République, une sorte de sentiment de culpabilité patriotique, une crainte d'être considérés, demain, comme je ne sais quels « bradeurs de l'Empire ». Et en définitive un militaire issu de la droite, peut-être justement parce qu'il était général et parce que la droite se reconnaissait en lui, a pu trancher le lien et libérer deux peuples : le français et l'algérien.

Et c'est sans doute grâce à son passé jacobin, grâce à cette tradition centralisatrice qui a vu la république et la démocratie descendre de Paris vers les Provinces, qui a vu l'émancipation des travailleurs et le socialisme se répandre des faubourgs ouvriers vers les campagnes que la gauche peut, sans susciter trop de craintes ni trop de rejet, réaliser cette décentralisation que chacun réclame depuis vingt ans, mais que nul n'avait osé engager concrètement.

Tous ceux qui, comme Gaston Defferre ou moi-même, ont eu à gérer de grandes métropoles, de vastes régions savent à quel point était devenue paralysante et absurde la lourde tutelle administrative imposée à nos collectivités locales et territoriales. Et je dois dire que le ministre d'État, ministre de l'Intérieur et de la Décentralisation, a mis, dans la réalisation de cette réforme, la fougue que nous lui connaissons bien.

Il me souvient de ce voyage entre Paris et Marseille que nous avons effectué le 12 juin 1981, à la veille du premier tour des élections législatives. Dans l'avion, j'interroge Gaston Defferre sur l'état de préparation du projet de loi de décentralisation. Il me répond, légèrement goguenard, qu'il sera prêt pour l'ouverture de la session parlementaire de juillet. Devant ma surprise, il jubile.

Les principes

La mise en place de cette réforme est nécessairement longue. La loi dont nous parlons avec Gaston Defferre n'est qu'un premier texte, celui qui pose en quelque sorte les principes. D'autres dispositions doivent suivre, qui porteront aussi bien sur le partage des compétences et donc des ressources financières entre l'État et les collectivités territoriales que sur les statuts des personnels administratifs. Ce premier texte est d'ailleurs approuvé à l'unanimité de ministres enthousiastes. Neuf mois plus tard, lorsqu'il faudra passer aux compétences, je constaterai que certaines convictions se sont affadies. Les voix des administrations s'exprimeront de nouveau avec plus de force, parfois même par la bouche de membres du gouvernement.

Toute cette démarche correspond à une nécessité, car le corset qui a été historiquement nécessaire pour constituer la France menace à présent de l'étouffer, mais elle correspond aussi à l'esprit de la constitution de la Ve République. Les articles 72 et 34 de notre loi fondamentale disent en effet que les collectivités territoriales s'administrent librement par des conseils élus et que la libre administration des collectivités locales, leurs compétences et leurs ressources sont déterminées par la loi.

Nous avons donc enfin mis notre droit en conformité avec ses principes. Car parler de libre administration implique que les décisions soient prises sans l'intervention de l'État, l'administration locale étant pleinement responsable de sa décision. Dorénavant, donc, l'administration des collectivités territoriales sera entièrement assurée par des conseils élus. Ce qui signifie notamment que les établissements publics régionaux deviennent des collectivités territoriales. Leur assemblée, élue au suffrage universel direct, désignera le président qui aura la charge de la préparation et de l'exécution des décisions du Conseil régional.

Mais cette liberté serait peu de chose sans la responsabilité économique. C'est pourquoi la loi affirme sans ambiguïté la compétence des collectivités territoriales dans ce domaine, notamment afin de leur permettre non seulement d'aider les entreprises en difficulté mais aussi de s'associer, d'infléchir les politiques de développement, de participer à la mise en valeur de leurs ressources locales, tant matérielles qu'humaines et intellectuelles. Il s'agit d'une nouveauté fondamentale. L'objectif est de donner aux collectivités locales et territoriales les moyens de prendre les mesures nécessaires à la protection des intérêts économiques et sociaux de la population. Trop souvent, en effet, les élus se trouvent placés, au dépourvu, devant les désastres économiques, devant la fermeture d'une usine, la disparition de nombreux emplois, et ils sont sans possibilité d'agir efficacement. Ils pourront, grâce à cette réforme, apporter des subventions, des prêts, garantir des emprunts. Ils ne pourront donc être que des actionnaires de proposition, mais ils deviendront ainsi des interlocuteurs reconnus et nécessaires, ce qui permettra une meilleure prise en compte des intérêts locaux.

Deux limites ont toutefois été clairement affirmées. D'une part, l'intervention des collectivités territoriales doit être conforme aux règles de l'aménagement du territoire qui sont définies par la loi approuvant le plan. D'autre part, elles ne peuvent pas prendre de participation dans le capital d'une société commerciale et de toute autre entreprise à but lucratif qui n'a pas pour objet d'exploiter les services communaux, départementaux et régionaux. Il n'est pas question en effet de procéder à une sorte de socialisation rampante de notre économie. En outre, je ne crois pas souhaitable que les collectivités territoriales assument les responsabilités inhérentes à la direction d'une entreprise.

Pour bien apprécier l'effort engagé, il faut également prendre en compte l'évolution de l'ensemble des transferts de l'État aux collectivités locales. Pour 1982, ces transferts s'élèvent à 99,56 milliards de francs, c'est-à-dire une augmentation de 17,9 % par rapport à l'exercice précédent. Il s'agit là d'une hausse très supérieure à l'évolution constatée ces dernières années. En 1981, elle n'avait, par exemple, été que de 14,28 %.

Il est vrai que, dans le même temps, le gouvernement demande aux collectivités locales de consentir des efforts supplémentaires dans le cadre de la lutte pour l'emploi. Elles peuvent, en particulier, négocier et signer des contrats de solidarité afin de réduire la durée de travail de leur personnel et de permettre ainsi des embauches supplémentaires. En outre, la possibilité de départs en préretraite a été offerte aux personnels titulaires et non titulaires. Les bénéficiaires doivent cependant prendre l'engagement de ne pas occuper d'autre activité lucrative pendant la durée de cette cessation anticipée d'activité.

Mais il en va de la décentralisation comme de la lutte contre le chômage : la tâche engagée est loin d'être achevée. C'est pourquoi je souris toujours lorsqu'on me parle de la mythique « pause » dans les réformes. Lorsque cette suggestion vient des rangs de l'opposition, je comprends. C'est une manière discrète de nous demander de changer de politique, c'est-à-dire de mener la politique de la droite. Mais alors pourquoi les Français auraient-ils changé de président de la République, de majorité parlementaire et de gouvernement ?

Quant à ceux qui, de bonne foi, plaident pour la « pause », je voudrais qu'ils m'expliquent : Faut-il définir les principes de la décentralisation puis s'arrêter ? Faut-il nationaliser puis ne pas démocratiser ces entreprises ? Il nous faut faire montre dans l'application de notre politique de la même constance, de la même résolution que celle dont a fait preuve François Mitterrand depuis 1965. Et Dieu sait si, durant quinze ans, les voix n'ont pas manqué qui criaient : « Vous faites fausse route, casse-cou. » Ce sont les mêmes qui, à la veille du 10 mai, annonçaient que la victoire de la gauche provoquerait la faillite du pays en six mois. Ce sont toujours les mêmes qui prédisent à présent catastrophes et cataclysmes. Ce qui m'étonne, c'est qu'ils puissent encore être écoutés.

Il n'est donc pas question d'abandonner en chemin la décentralisation. Et ce, en dépit des résultats des élections cantonales. La droite va bénéficier des facilités et des avantages prévus par une loi qu'elle a farouchement combattue. Telle est la règle de la démocratie, telle est donc la démarche du gouvernement.

Les transferts de compétences

La décision essentielle qui reste à prendre concerne le transfert et la répartition des compétences entre l'État et les communes, les départements et les régions. Huit principes guident notre travail dans ce domaine :

1 – Les collectivités locales concourent avec l'État à l'administration du pays.

2 – Chaque collectivité territoriale a, par nature, un certain nombre de compétences générales.

3 – Seule la loi peut procéder à un transfert de compétences.

4 – Tout transfert de compétences au profit d'une collectivité locale doit être accompagné d'un transfert de ressources correspondantes.

5 – Tout transfert doit porter sur l'ensemble des attributions relatives à une compétence donnée et être effectué au profit d'une seule catégorie de collectivités territoriales qui en aura ainsi la pleine responsabilité. L'État garde son pouvoir de réglementation générale. Il s'agit donc d'un transfert de blocs de compétences.

6 – Les collectivités locales peuvent passer, entre elles ou avec l'État, des conventions pour l'exercice de leurs compétences.

7 – La nouvelle répartition des compétences ne crée aucune tutelle d'une collectivité locale sur une autre.

Seul l'État peut arrêter des règles s'imposant aux différentes collectivités locales.

8 – L'État n'accepte de transférer ses compétences qu'à des niveaux suffisamment significatifs. Il encourage ainsi la coopération intercommunale volontaire.

Les compétences dont le transfert est prévu sont néanmoins suffisamment significatives pour qu'il soit permis d'affirmer qu'il s'agit là non seulement d'une profonde réforme des collectivités locales, mais aussi d'une profonde réforme de l'État. C'est ainsi qu'en matière d'urbanisme la tutelle technique de l'État doit disparaître. Les communes pourront élaborer et approuver les plans d'occupation des sols, accorder les permis de construire et autre autorisation d'utilisation du sol, décider des opérations d'aménagement foncier. Le département et la région auront, chacun pour ce qui le concerne, un rôle à jouer en matière de politique foncière. En matière de logement, c'est la commune qui arrêtera ses priorités, et la région qui pourra intervenir sur ces bases. Il est souhaitable qu'elle puisse moduler ses aides en fonction des demandes des départements, des collectivités locales ou de leur groupement.

Dans le domaine des transports routiers, le département se verra confier la responsabilité et les moyens de développer les transports interurbains de voyageurs et les transports scolaires. La région, pour sa part, pourra coordonner les transports ferroviaires d'intérêt régional et organiser, par convention avec la SNCF, des services omnibus. Elle pourra proposer la création d'aérodromes d'intérêt régional et en assurer la gestion. Elle pourra, en outre, créer ou participer à la création de sociétés régionales de transports aériens de voyageurs ou de fret, et en assurer, ou en faire assurer, la gestion.

En matière d'éducation, le département pourra établir la carte scolaire des collèges, des écoles et des classes.

La programmation des équipements et des emplois nécessaires sera réalisée par le département et l'État. La construction, l'équipement et la gestion des classes enfantines, maternelles et élémentaires ainsi que des collèges relèveront de la compétence communale et intercommunale. Dans le domaine de la formation professionnelle et de l'éducation à finalité professionnelle, la région devra jouer un rôle prépondérant, ainsi qu'en matière de recherche appliquée.

La transformation du système éducatif

La décentralisation n'arrivera à son terme qu'avec la constitution d'un service unifié de l'éducation nationale. Car, dans le domaine de l'éducation, un redressement est indispensable. Le bilan du septennat précédent est en effet particulièrement négatif. Alors que des efforts importants ont été faits dans les années 50 et 60 pour permettre à notre système d'éducation d'accueillir les générations nombreuses de l'après-guerre, à partir de 1974, et surtout de 1975 et 1976, les gouvernements ont délibérément négligé ce secteur. Ses moyens ont été systématiquement réduits au fil des années, au point d'entraîner une grave dégradation de notre système d'enseignement. Je pense même que la volonté inavouée de nos prédécesseurs consistait à procéder à un démantèlement du service public de l'éducation. Il suffit, pour s'en convaincre, de rappeler l'accroissement des aides à l'enseignement privé à l'intérieur de budgets de l'éducation en forte régression. Il suffit d'évoquer la volonté, affirmée notamment à travers la loi Legendre, de laisser dépérir l'enseignement technique et d'abandonner la formation professionnelle aux entreprises et aux organisations patronales. Quant à la mise en condition, pour ne pas dire au pas, des universités, elle s'est accompagnée de leur asphyxie financière alors que des moyens importants étaient accordés sans compter à certaines grandes écoles et à certains établissements privilégiés.

Cette réduction des moyens s'est accompagnée d'un mépris à peine voilé pour les enseignants. Je vois là un témoignage de plus du comportement de caste des dirigeants d'hier et une preuve du caractère élitiste qu'ils ont toujours souhaité conserver à l'éducation et plus généralement à la culture. Un tel comportement a quelque chose de suicidaire. Une société qui néglige ainsi l'éducation, qui enferme ses enfants dans des locaux dont la vétusté et le délabrement sont parfois tels que des adultes refuseraient d'y vivre, qui les confie à des maîtres méprisés et qui, pour bon nombre d'entre eux, n'ont eu aucune possibilité réelle de se former et de se préparer à leur métier, est une société du désespoir, une société qui refuse l'avenir et se condamne elle-même à disparaître.

Pour un pays dépourvu de matières premières et pauvre en énergies, la plus grande richesse est incontestablement l'intelligence, la capacité d'imagination et de création de ses citoyens, c'est-à-dire la qualité de l'éducation donnée à nos enfants. C'est en exploitant ce potentiel que nous gagnerons, dans les prochaines années, la compétition internationale engagée pour la maîtrise des nouvelles technologies. Tel est notamment le sens de la politique développée par Jean-Pierre Chevènement. Le renouveau du système éducatif m'apparaît donc le plus sûr garant de notre progrès économique et social. Indispensable à l'avenir du pays.

C'est d'ailleurs ce que j'écris dans cette déclaration de politique générale sur laquelle je suis penché depuis des heures. J'annonce « une transformation profonde de notre système éducatif ». Mais en ouvrant cette perspective, je mesure l'ampleur de la tâche qui incombe ainsi à Alain Savary. Je connais le découragement de nombreux enseignants, le délabrement d'un grand nombre d'établissements, notamment dans l'enseignement technique. Là encore il faut redonner courage, ramener l'espoir, le goût d'entreprendre, la volonté d'agir. Il faut réveiller les énergies endormies par une trop longue anesthésie. La route sera longue. Il nous faudra plusieurs années pour rattraper les retards accumulés et pour que le changement devienne perceptible à tous.

Déjà nous avons arrêté des mesures d'urgence. Les premières ont pour objectif de lutter contre les échecs scolaires qui frappent en priorité les enfants des familles les plus défavorisées. Nous avons donc créé des zones d'éducation prioritaire. Le principe est simple. Les actions de rénovation et les moyens supplémentaires mis à la disposition de l'éducation nationale sont affectés là où se trouvent les populations de jeunes les plus défavorisées, et donc frappées plus durement par les échecs scolaires. C'est d'après ce critère qu'ont été répartis les 32 000 cmplois nouveaux créés, en 1981 et 1982, dans l'éducation nationale.

La seconde série de mesures concerne l'enseignement technique. Elles portent sur les constructions scolaires, le renouvellement du parc de machines, grâce notamment à la mise en œuvre du plan machine-outil, et sur une revalorisation importante des bourses aux élèves des LEP, les lycées d'enseignement professionnel.

A ces actions destinées aux élèves, il fallait ajouter un geste qui marque clairement la volonté du gouvernement de restaurer la dignité de la fonction enseignante. D'où le plan de revalorisation de la situation des instituteurs. Cette opération de grande ampleur concerne près de 450 000 personnes, puisqu'elle bénéficie également aux instituteurs en retraite. Elle est sans précédent et constitue, à mes yeux, un acte de justice et de réparation à l'égard des instituteurs. En laissant se dégrader leur fonction et leur statut social, c'est tout notre système d'éducation que l'on a ainsi dévalorisé. Je suis donc fermement décidé à poursuivre dans la voie d'une revalorisation de la fonction enseignante. Il s'agit en particulier, par un effort important de formation continue, de remédier à la dégradation des conditions d'enseignement dans les collèges. Cette dégradation est intervenue à la suite du recrutement massif, au cours de la dernière décennie, d'enseignants insuffisamment préparés à l'exercice du difficile métier de pédagogue.

A cet égard, le constat dressé par Laurent Schwartz dans son rapport pour la commission du Bilan sur la situation de la France, met bien en lumière la gravité de cette dégradation. La réforme Haby, hâtive et mal préparée, a entraîné la mise en place, dans les collèges, d'un enseignement improvisé. Loin de lutter contre les inégalités sociales, cette réforme manquée, dont nous subissons aujourd'hui les lourdes conséquences, n'a fait que les renforcer et les consolider. Je mets dans cette critique une certaine passion, car j'ai mesuré, comme enseignant, les ravages causés par ces inégalités. Et personnellement, si je n'avais pas été reçu, à onze ans, au concours des bourses pour entrer au collège, mon père avait prévu de m'envoyer à l'école des mécaniciens de la SNCF située plus près de chez nous. J'y repensais en mettant au point le dossier des transports collectifs de la région Nord-Pas-de-Calais qui nous a permis non seulement de renouveler notre parc de wagons mais de faire en sorte que les trois quarts du matériel fussent construit dans le Valenciennois. Voilà ce que peut permettre la régionalisation. C'est d'ailleurs dans une rame « Région Nord – Pas-de-Calais » que je m'étais rendu, il y a quelques années, à la journée d'étude intitulée « Régions et développement économique » que le PS avait organisée à Pontivy !

Une nouvelle politique de la santé

Le nouvel instrument que constitue la régionalisation peut ainsi permettre de mieux maîtriser la gestion. C'est vrai, par exemple, dans un secteur aussi délicat que celui de la santé. Dans ce domaine, le département se verra confirmé dans ses activités essentielles relevant de l'action sanitaire et sociale. Je souhaite à cet égard que l'on en finisse avec les financements croisés où personne ne se retrouve, tant la complexité est grande. Le département doit disposer de ressources propres et ne plus imposer aux communes des contingents d'aide sociale sur lesquels celles-ci n'ont aucun pouvoir. Il n'est cependant pas impossible que nous soyons contraints de demander aux communes de participer aux dépenses d'aide sociale, sur la base de critères définis par l'État. Le rôle essentiel du maire, en matière d'admission à l'aide sociale, serait dès lors préservé.

La santé devra également connaître une décentralisation significative et les pouvoirs des conseils d'administration des hôpitaux devront être renforcés, en particulier les pouvoirs des élus au sein de ceux-ci. Pour avoir longtemps présidé le conseil d'administration du centre hospitalier régional de Lille, je sais à quels paradoxes nous étions parvenus.

Les élus n'ont en définitive aucun pouvoir ni sur les dépenses, ni sur les recettes, et les tout-puissants directeurs, sont peu concernés par le financement. Ils ne se voient signifier le prix de journée qu'avec plusieurs mois de retard par rapport à l'exercice en cours. D'où la nécessité de mettre un terme à cette situation paradoxale, et c'est bien ce que j'ai demandé aux ministres concernés, Nicole Questiaux et Jack Ralite.

Nous avons certes, en France, un bon système de santé auquel les Français sont légitimement attachés. Nous avons la chance de posséder de bons médecins, qui aiment leur métier et sont dévoués à leurs malades. Notre système hospitalier public et privé met à la disposition des patients des technologies très sophistiquées. La santé est devenue un secteur d'activité qui emploie presque 7 % de la population active.

Notre pays consacre 7,5 % de sa richesse nationale aux dépenses de santé, ce qui le place légèrement en dessous de la RFA (9 %) et des États-Unis (9,2 %). Mais, comme dans tous les pays industrialisés, ces dépenses croissent à un rythme rapide : + 6,3 % par an en volume depuis 1970. Cette évolution est due, pour l'essentiel, aux progrès techniques qui ne cessent d'élargir le champ des possibilités thérapeutiques.

J'ajoute qu'au fil de ses luttes la gauche, les travailleurs de France, ont construit un système de protection contre la maladie qui, par un mécanisme de financement collectif, couvre 75 % des dépenses de santé. Faut-il rappeler que, sans la Sécurité sociale, jamais un nombre aussi important d'entre nous n'aurait eu accès à ce progrès médical ? Les soins sont devenus si coûteux que 10 % seulement de la population entraîne à elle seule 70 % des dépenses. Les résultats sont là, en contrepartie. Quelle que soit l'imperfection de cet indicateur, l'espérance de vie à la naissance n'a pas cessé de progresser. Elle est passée de 63,4 ans en 1950 à 70 ans en 1979. La mortalité infantile baisse spectaculairement : 27,4 décès pour 1 000 naissances en 1950 ; 10,6 en 1978.

Comme tous les Français, je suis attaché aux grandes caractéristiques de notre système de soins : le libre choix du médecin par le malade, la liberté de prescription, le pluralisme de l'hospitalisation, des mécanismes conventionnels qui lient les organismes de Sécurité sociale et les professions de santé. Tout cela est évident et, si je le précise, c'est parce que des campagnes mensongères sont trop souvent menées dans ce domaine. Qui peut penser qu'un gouvernement de gauche n'est pas fermement décidé à faire reculer les frontières de la souffrance et de la mort ? Les Français ne nous ont pas confié la responsabilité du pays pour détruire, mais au contraire pour préserver l'acquis et aller plus loin. Car le système de santé n'est tout de même pas parfait. Le progrès médical est loin de bénéficier à tous de façon égale. La perception de la maladie, le contenu des soins varient considérablement selon les catégories sociales.

La réalité de la condition ouvrière se lit, par exemple, encore trop directement dans le corps des travailleurs. L'inégalité devant la mort demeure l'inégalité absolue. Et j'ai souvent pu le vérifier dans ma région du Nord/Pas-de-Calais qui, dans ce domaine, accuse un retard certain.

Compte-tenu du poids spécifique acquis par l'hôpital et de son rôle dans la diffusion du progrès médical, un mouvement presque naturel conduit, si nous n'y prenons garde, à en faire le centre unique de notre système de soins. Cette évolution me semble négative aussi bien pour des raisons humaines que financières. J'ajoute que notre système de soins est presque uniquement orienté vers la maladie, vers le curatif, et non vers le préventif. Nous gérons la maladie et non la santé, ce qui me semble relever du paradoxe.

Enfin, ce système de soins coûte de plus en plus cher à la collectivité. En France, depuis trente ans, le rythme de la croissance des dépenses de santé est supérieur au rythme de la croissance économique. Un tel phénomène pouvait passer inaperçu en période de forte croissance, il devient angoissant en période de ralentissement économique et de chômage.

Préserver l'acquis ne va donc pas de soi. Une telle volonté implique des choix politiques clairs, et une mobilisation générale.

Confronté à ce type de choix, deux attitudes sont possibles. La première, celle de Raymond Barre et de son gouvernement, consistait à considérer la croissance des dépenses de santé comme un mal en soi. D'où la fixation arbitraire d'une norme de croissance à ces dépenses. Cette politique aboutissait à réduire progressivement la protection sociale et donc à accroître les inégalités devant la santé.

Il est évident que le gouvernement ne pouvait laisser se poursuivre cette politique. Mais il refuse également de faire croire aux Français qu'il n'existe pas de problèmes. Contrairement à ce que dit le proverbe, au niveau de la collectivité tout entière, la santé a un prix, et ce prix, ce sont les travailleurs qui cotisent à la Sécurité sociale qui le paient effectivement. Lorsque l'on gaspille de l'argent dans le domaine de la santé, ou lorsque l'on utilise cet argent moins bien qu'il ne le faudrait, c'est l'effort de tous ceux qui travaillent que l'on gaspille.

Nous entendons, en conséquence, passer d'une simple maîtrise des coûts à une gestion active de la santé. Le gouvernement, les élus, les partenaires sociaux, les salariés, les usagers et les professionnels de ce secteur, tous, nous sommes comptables de l'utilisation des ressources que la collectivité accepte de consacrer à la santé de ses membres. Gérer ne veut pas dire réduire, gérer ne veut pas dire rationner, gérer veut dire utiliser au mieux.

Il n'est donc, en matière de santé, aucune norme de croissance que l'on puisse définir a priori. Les seules normes sont celles que se fixent les Français. Encore faut-il qu'ils soient bien conscients que les ressources sont limitées.

Mais que signifie gérer la santé ? Pour moi, cela se résume en quelques points : informer, dialoguer, connaître, adapter.

Informer. Cette consigne recouvre, dans le domaine de la santé, une réalité bien précise. Il ne me paraît pas possible que le Parlement demeure plus longtemps à l'écart des choix fondamentaux en matière d'évolution des dépenses. Nous souhaitons donc que se déroule chaque année, au Parlement, selon une procédure à déterminer, un débat confrontant pour l'année à venir des prévisions de dépenses et des prévisions de ressources.

Dialoguer. A partir du moment où nous considérons que la santé ne peut être un bien comme un autre, dont le prix est fixé par le marché, seul le dialogue, seule la discussion entre ceux qui financent la santé par prélèvement sur le revenu et ceux qui gèrent le système de santé peut parvenir à réconcilier deux points de vue apparemment inconciliables. D'une part, ceux qui parlent des besoins et, d'autre part, ceux qui se préoccupent des ressources disponibles. Nous souhaitons qu'à tous les niveaux de décision, dans le cadre d'un budget annuel, s'instaure ce débat – et notamment pour les hôpitaux publics et à but non lucratif. Ce budget devra s'insérer dans un plan d'évolution à moyen terme qui sera, lui aussi, défini par concertation. Nous souhaitons également que se développent les relations conventionnelles avec les professions de santé médicales et paramédicales. Les conventions doivent dépasser le simple accord tarifaire, pour s'élargir à d'autres éléments de l'activité.

Gérer la santé, c'est également connaître. Nous ne

pouvons nous satisfaire d'une certaine opacité, que nous constatons dans le système actuel. Nous percevons mal les besoins de santé et nous connaissons mal l'activité réelle du système de soins. Or, là encore, la décentralisation et la régionalisation peuvent apporter d'importants éléments de solution. C'est en effet au niveau régional et local que l'on peut le plus efficacement améliorer la connaissance de l'état sanitaire des Français. Des observatoires régionaux de la santé regroupant, d'une manière souple et sans exclusive, toutes les parties intéressées, peuvent y contribuer. Il nous faut, en particulier, mieux prévoir les besoins à long terme en médecine comme en personnels paramédicaux afin d'en tenir compte au niveau des étudiants admis en formation.

Mieux gérer la santé, c'est enfin permettre à notre système de soins d'évoluer et de s'adapter. Cette évolution nécessaire concerne en premier lieu l'hôpital public. Il consomme en effet une part importante des dépenses. Aujourd'hui lieu d'enseignement, de recherche et de soins, son évolution conditionne l'évolution de l'ensemble du système. Son organisation a été conçue, il y a plus de vingt ans, à un moment où il n'occupait pas la place qui est maintenant la sienne. Le gouvernement a donc proposé d'adapter l'hôpital public aux réalités d'aujourd'hui et de demain, dans le cadre de la décentralisation et de notre nouvelle politique de santé. Il s'agit là d'une action qui devra être menée en concertation avec les directeurs d'hôpitaux, les médecins, les représentants des personnels, qui maintiennent, dans des conditions difficiles, la qualité des services prodigués au malade. Enfin, et bien sûr, en liaison avec les élus.

Une autre manière de faire évoluer notre système de soins est d'accepter loyalement les expériences nouvelles.

Je pense notamment à la médecine de groupe et aux centres de santé. Ces expériences peuvent faire appel aux propositions des médecins eux-mêmes, aux mutuelles, aux collectivités locales. Nous devons, par exemple, favoriser les systèmes cohérents et polyvalents de maintien à domicile des personnes âgées, des handicapés, des malades sortant de l'hôpital. Tout cela implique des modes nouveaux de travail sanitaire et social qu'il nous faut imaginer, et dans lesquels l'exercice libéral des professions de santé a naturellement toute sa place. Tout cela implique aussi la mise en place de nouveaux mécanismes de financement de la prévention.

Il est clair, en tout cas, que ces expériences ne pourront se développer sans une concertation locale sérieuse. Il ne s'agit, pour nous, que de donner leur chance, à égalité, à des formes nouvelles de pratiques médicales, paramédicales et sociales. Ces expériences seront évaluées et les conclusions seront tirées en commun. Si significatives puissent-elles être, elles n'envahiront pas subrepticement tout le territoire. Il n'y aura pas d'étatisation déguisée. Ce ne serait conforme ni à l'efficacité, ni aux engagements qui ont été pris par le président de la République.

Les pouvoirs des commissaires de la République

Rapprocher le niveau de décision du citoyen, amener les partenaires à réfléchir ensemble, à discuter, à négocier, telles sont les voies d'accès à cette « nouvelle citoyenneté » que je souhaite voir s'épanouir. Mais mettre en œuvre une réforme comme la décentralisation, c'est aussi aller à l'encontre de nos modes de pensée, de nos habitudes, de nos réflexes. Je m'en aperçois lors de nombreuses réunions de travail. Il nous faut toujours faire effort sur nous-mêmes pour ne pas, instinctivement, faire remonter les dossiers, imposer des normes nationales. Dans la nouvelle organisation que nous mettons en place, il appartiendra d'ailleurs aux commissaires de la République – qui succèdent aux préfets – non seulement d'être les conseillers des communes, des départements et de la région, mais surtout d'empêcher les dossiers de remonter à Paris. Leur efficacité sera mesurée à leur faculté de traiter sur place les problèmes locaux. Mais pour qu'ils puissent tenir ce rôle, encore faut-il qu'ils en aient l'autorité. C'est pourquoi il importe de renforcer leur pouvoir sur l'ensemble des services de l'État. Une vraie décentralisation, c'est un dialogue entre un pouvoir central cohérent et des assemblées élues. Il est donc important que les élus trouvent en face d'eux un représentant unique de l'État. Je constate que certaines administrations cherchent déjà à mettre en place leurs propres structures de concertation régionales en prenant bien soin d'en conserver le secrétariat. Ce n'est pas de la décentralisation, c'est tout au plus de la déconcentration. Il est illusoire de penser qu'un tel système éviterait que les dossiers continuent d'être tous traités par les administrations centrales.

Si les difficultés sont grandes, c'est que toutes nos structures sont construites sur un schéma centralisé. Ce n'est pas seulement le cas de l'administration. C'est vrai aussi, par exemple, des organisations syndicales. Je vois bien que notre démarche, à la fois régionalisée et incitant à la négociation, met parfois en difficulté nos interlocuteurs syndicalistes. Car, compte tenu du trop faible taux de syndicalisation, ils ne sont pas toujours sûrs de leur dynamisme dans tel ou tel secteur géographique et, ainsi, ils préfèrent une négociation et des accords nationaux.

En dépit de ces difficultés réelles, nous devons poursuivre dans cette voie. De la même façon, le gouvernement s'est toujours attaché à respecter au maximum l'autonomie locale et régionale, y compris pour des équipements aussi décisifs, par exemple, que les centrales nucléaires.

Les ressources en énergie

Il existe en effet, face aux problèmes d'énergie comme aux autres, deux modèles culturels. Le modèle énergétique que nous connaissions jusqu'à présent et que l'on pourrait qualifier d'autoritaire était systématiquement centralisé et laissait une grande place au pouvoir technocratique. Jamais il n'avait fait l'objet d'un débat face aux élus, nationaux ou locaux, du suffrage universel. Le modèle que nous avons mis en place est, au contraire, fondé sur la démocratie et la décentralisation : grâce à une gestion régionale et locale des énergies, et aussi grâce à une maîtrise des consommations.

Le programme élaboré par Edmond Hervé, qui a été adopté, en octobre 1981, par l'Assemblée nationale, ouvre en effet des possibilités de gestion régionale et locale. D'une part, grâce au développement des économies d'énergies qui nécessitera un effort de formation de nombreux corps de métier. D'autre part, grâce aux énergies renouvelables et, en particulier, la biomasse, l'énergie solaire, y compris l'architecture bioclimatique, la géothermie, évolution qui est d'ailleurs engagée grâce au dynamisme de mouvements associatifs. Enfin grâce aux réseaux de chaleur et à la valorisation des déchets.

Nous voulons par ailleurs permettre aux citoyens de maîtriser leur consommation. Chacun doit se sentir responsable de l'énergie qu'il consomme, par exemple dans l'équipement et le fonctionnement de son logement ou dans l'usage de sa voiture. C'est un défi pour chaque citoyen. C'est aussi un défi pour nos entreprises qui peuvent trouver là un marché à l'échelle mondiale. Maîtriser nos consommations et développer les énergies renouvelables, c'est déjà nous orienter vers une société différente, contribuer à une « nouvelle citoyenneté ».

Dans l'immédiat, nous avons réalisé, au niveau des modes de décision, une rupture radicale avec les pratiques précédentes. Nous avons substitué le dialogue et la concertation à un système dans lequel les décisions d'organismes techniques s'imposaient au gouvernement et au pays. C'est pourquoi nous avons tenu à ce que le Parlement disposât des moyens d'information nécessaires et pût mener la discussion large et approfondie qu'exige un tel sujet. D'où le « gel » provisoire des travaux engagés sur cinq sites nucléaires.

Il importe aussi que les choix individuels des citoyens en matière d'équipements puissent s'exprimer et être pris en compte dans le cadre des décisions collectives locales, régionales et nationales. C'est pourquoi des agences de l'énergie sont mises en place dans les régions. Il leur appartient de définir leur propre programme dans ce domaine.

Le centralisme doit être limité aux seuls domaines où il est indispensable : la recherche, quelques grands équipements, par exemple. En matière d'énergies, il est bien évident que des réseaux nationaux sont nécessaires et que la solidarité interrégionale doit être particulièrement active. Il convient, toutefois, de ne pas perdre de vue que nous ne pouvons pas trop éloigner les centres de production des consommateurs sans créer des difficultés économiques et des frictions sociales. Ainsi, des régions ayant accepté un équipement nucléaire ne comprendraient pas que l'énergie qu'elles produiront ne profite pas d'abord à leurs industries locales et à leurs populations. Les régions qui refuseraient un tel type d'équipement doivent en être conscientes.

Je le dis avec une certaine insistance car je sais bien quelles réticences les équipements nucléaires suscitent dans une partie de l'opinion et, plus particulièrement, chez un certain nombre de jeunes. Je note, naturellement, lors de nos rencontres, la réserve du secrétaire général de la CFDT, Edmond Maire, pour tout ce qui concerne le centre de retraitement des déchets de La Hague. La plus grande compréhension est, dans ce domaine, indispensable. C'est pourquoi, dès lors que les manifestants ne recourent pas à la violence, comme ce fut le cas à Chooz, j'ai toujours tenu à agir par la persuasion. C'est ainsi que, lorsque des antinucléaires ont bloqué un train de déchets le 26 août 1981 à Mézidon dans le Calvados, nous avons attendu et expliqué. En maintenant ainsi le chargement en zone urbaine, ils apportaient involontairement la preuve que la population ne courait aucun risque. Je crois qu'il entre dans ce rejet des équipements nucléaires une part d'ignorance. Et cette ignorance résulte du refus d'information qui a, trop longtemps, été opposé au pays. Quant à moi, du fait de mes origines sociales et géographiques, je n'oublie jamais, lorsque j'entends évoquer devant moi les risques, réels au demeurant, de l'énergie nucléaire, que le pays a longtemps accepté en silence de bâtir sa puissance sur la mort brutale des coups de grisou, sur la mort lente de la silicose, sur le sacrifice de générations de mineurs.

Le mythe de Prométhée est toujours vivant. Nos civilisations ne se développent que par des transgressions. Et même lorsque nous nous effrayons de notre propre audace, nous devons savoir que nous serions bien davantage culpabilisés si, demain, nos enfants étaient en droit de nous reprocher de ne pas leur avoir donné une source de richesse qui était à notre portée.

Or, les choix effectués aujourd'hui en matière d'équipements lourds engagent le long terme. Ils conditionnent pour trente ans les modes de chauffage, par exemple, et donc l'urbanisme. Il s'écoule de dix à douze ans entre les premières concertations pour le choix d'un site nucléaire et la mise en production de la centrale. A cet égard, nous préparons, en ce moment, le XXIe siècle. Mais ces choix sont aussi fonction de nos options économiques. Nous avons opté pour la relance, pour le maximum de croissance possible : or, il n'est pas de croissance sans énergie. Le programme que nous avons arrêté part de ce constat et s'efforce, en outre, de limiter la dépendance énergétique du pays en diversifiant ses ressources.

La situation au Proche-Orient demeure, chacun le sait, particulièrement instable. En jouant le jeu de la relance et de la croissance, la France anticipe un mouvement qui sera nécessairement celui de l'ensemble des économies occidentales. Il est dès lors inévitable que de nouvelles tensions sur les prix de l'énergie et des matières premières se manifestent à terme. C'est pourquoi nous devons adopter une politique de l'énergie qui nous libère le plus possible de la contrainte extérieure. C'est l'un des avantages des centrales nucléaires.

De la stabilité de nos ressources énergétiques dépend aussi notre indépendance. Nous devons prendre garde de ne pas nous trouver à la merci de tel ou tel fournisseur. Nous devons également favoriser un nouvel équilibre mondial et témoigner de notre solidarité avec les pays les moins favorisés. Notre contrat d'approvisionnement avec l'Algérie découle de ce souci. Il montre ce que pourraient être les bases d'un dialogue Nord-Sud rénové. Quant à l'accord passé avec l'Union soviétique, il prolonge un premier contrat datant de 1975 et découle de l'ensemble des options de notre plan énergétique.

Nous avons décidé de diversifier au maximum nos sources d'énergie et leur origine géographique. Nous nous sommes fixés comme objectif de ramener le taux de dépendance extérieure de la France de 70 % aujourd'hui à moins de 50 % en 1990. En 1978, nous dépendions à 80 % des pays du golfe Persique pour notre approvisionnement pétrolier. Nous avons décidé de diversifier nos fournisseurs et nos importations d'énergies. Nous avons décidé une relance charbonnière et nous ne dépendons, pour nos ressources, d'aucun pays pour plus de 30 %. Nous avons décidé d'accroître la part du gaz dans notre bilan énergétique en raison de sa souplesse d'utilisation. Cette part était de 12 % de notre consommation totale en 1981. Elle devrait atteindre 15 % en 1990.

Pour réaliser cet objectif, il nous faut signer de nouveaux contrats. La Grande-Bretagne, si elle est disposée à répartir sur ses partenaires les charges de l'Europe, préfère en revanche se réserver le bénéfice exclusif des gisements d'hydrocarbures de la mer du Nord. Elle n'est donc pas vendeur.

L'Union soviétique dispose, à elle seule, du tiers des réserves mondiales et elle assure le tiers des exportations mondiales de gaz. Déjà elle livre plus à l'Allemagne fédérale qu'à la France. Le contrat signé entre Gaz de France et Soyouz Gaz Export débutera en 1984 pour une durée de vingt-cinq ans. Les fournitures seront de 8 milliards de mètres cubes par an, ce qui, compte tenu des contrats antérieurs, portera le total des livraisons soviétiques à 12 milliards de mètres cubes par an. Ce volume représentera, en 1990, environ 30 % de notre consommation de gaz naturel, soit 5 % de notre consommation d'énergie. C'est-à-dire le même pourcentage dans notre bilan énergétique qu'aujourd'hui, puisque, durant cette période, nous allons diminuer nos achats de pétrole en provenance d'URSS.

Or, à l'occasion du sommet d'Ottawa des pays industrialisés, il avait été dit que l'indépendance d'un pays n'était pas menacée lorsque les quantités qui proviennent d'une origine déterminée ne dépassent pas 5 %. En conséquence, je n'accepte pas les leçons que certains prétendent nous donner. Je n'accepte pas d'entendre les Américains qui, depuis tant d'années, ont gaspillé leur énergie venir faire la leçon à des pays dépourvus de ressources.

Quant à l'argument politique selon lequel il ne fallait pas signer avec les Soviétiques en raison de la situation en Pologne, il entre dans une logique qui aurait dû nous conduire à résilier tous les contrats en cours d'exécution, une logique de gel des relations économiques avec l'Union soviétique, voire une logique de blocus dont chacun sait bien que c'est une logique de guerre.

C'est comme cela que les Soviétiques, quant à eux, l'auraient compris. Et ils en auraient tiré, à leur manière – sans doute avec rigidité –, les conséquences. Car l'Union soviétique n'aurait pas accepté sans réagir la rupture de négociations engagées depuis deux ans. Or, qui osera venir dire que l'Union soviétique d'après le coup de force de l'armée polonaise est différente de celle qui existait avant ? Celle à laquelle tous les chefs d'État de la Ve République ont, jusqu'à présent, scrupuleusement rendu visite, renouant ainsi avec le geste du général de Gaulle au lendemain de la signature des accords de Yalta.

Permettre une information complète, favoriser la prise de responsabilité, qu'il s'agisse de la gestion de nos villes et de nos villages, de nos départements et de nos régions, qu'il s'agisse de nos écoles ou de nos hôpitaux, ou encore qu'il s'agisse de nos approvisionnements énergétiques, la démarche est toujours la même. Et si j'ai volontairement multiplié les exemples les moins spectaculaires, parfois même les plus ardus, c'est parce que je ne veux limiter la « nouvelle citoyenneté » ni à la décentralisation, ni aux réformes réalisées en matière de respect des droits des citoyens. Et pourtant que de travail accompli en un an ! De la suppression de la peine de mort au respect du droit d'asile, de la révision du code pénal à la promotion de la vie associative, de la reconnaissance des droits de la femme à la valorisation du rôle des consommateurs, dans tous les domaines nous nous sommes attachés à libérer l'individu des entraves superflues et à permettre au citoyen d'agir en acteur de la vie sociale.

Mais pour que cette réactivation de notre vie collective réussisse, pour que les entreprises soient plus nombreuses à adhérer à leurs organisations professionnelles, les salariés à leurs syndicats, les citoyens à des associations, encore faut-il que l'échange d'informations, les circuits de communications entre nous s'améliorent. Pourquoi ai-je jugé utile de publier ce livre qui exprime mon point de vue sur quelques grandes questions de la vie politique française ? Parce que je ne crois pas qu'une démocratie vivante puisse exister sans dialogue, sans communication approfondie. Une société, ce sont d'abord des femmes et des hommes qui échangent des informations. Cet échange fonde la vie sociale.

Pourtant, alors que la communication pourrait

apparaître comme la chose du monde la mieux partagée, l'information est souvent perçue comme une source de puissance, un moyen de pouvoir. Notre organisation sociale a longtemps été conçue de manière à cloisonner au maximum la diffusion de l'information, à limiter la communication. Ces structures très hiérarchisées cèdent progressivement. Je dirais qu'elles cèdent sous le poids de leur propre archaïsme. La communication correspond aujourd'hui aux secteurs de pointe. En matière de technologie bien sûr, mais aussi au niveau de l'organisation des entreprises.

La culture, moyen de notre développement

De même que nous vivons désormais en économie ouverte, de même que nous n'hésitons pas à affronter la concurrence internationale, nous devons promouvoir une société de communication. C'est une condition nécessaire de notre liberté individuelle et collective. C'est aussi une condition du développement économique. La communication est, par exemple, indispensable à la diffusion de l'innovation technologique.

Cette société conviviale et fraternelle à laquelle nous aspirons correspond au projet culturel que la gauche a toujours porté. Nous avons critiqué pendant des années l'indigence de la droite dans ce domaine et l'absence de projet ou de proposition nouvelle. Le souffle initial, qui avait été celui d'André Malraux, créateur du ministère de la Culture, s'est éteint. La politique culturelle de la France s'est réduite à des actions ponctuelles, plus ou moins prestigieuses, comme l'année du Patrimoine. Ce genre de manifestation cachait de plus en plus mal un appauvrissement des moyens et une grande méfiance à l'égard de tous les acteurs de la vie culturelle. J'ai mené, dans le Nord/Pas-de-Calais, une politique culturelle volontariste d'une ampleur inaccoutumée. Sous l'impulsion de Jack Lang, nous renouvelons cette démarche au niveau du pays tout entier en doublant les moyens de ce ministère. Car je suis convaincu que la culture est l'un des moyens du développement économique. Elle permet des mobilisations à court terme là où d'autres investissements ne produisent des effets que sur dix ou quinze ans.

Je connais les goûts des femmes et des hommes du Nord, le caractère original de leurs traditions, de leurs fêtes, leur amour du jardinage, leur sens profond des lieux régionaux, historiques, vestiges d'un patrimoine meurtri par les guerres. Je demeure aujourd'hui persuadé que le développement culturel, la sauvegarde du patrimoine et la protection de l'environnement doivent être décentralisés, ainsi que les moyens qui s'y rattachent. Il n'est pas sain en effet que la reconnaissance du droit à la différence dont la gauche, et notamment les socialistes, ont toujours affirmé la nécessité, ne soit pas rapidement accompagnée de mesures concrètes permettant de l'exercer. J'ai vu comment, en quelques années, à Lille, grâce à des hommes comme Maurice Fleuret et Jean-Claude Casadessus, notre Festival de musique est devenu un événement national, comment l'orchestre philharmonique a conquis une place éminente. Et pourtant, pendant des années, il a fallu se battre pour pouvoir faire financer par la région cet ancien orchestre de l'ORTF condamné à disparaître. Car non seulement l'État renonçait à ses engagements, mais encore il refusait au conseil régional le droit de se substituer à lui. L'accueil, la réceptivité des habitants de Lille et de la région ont été exceptionnels. Il s'est créé un véritable mouvement qui a entraîné d'autres secteurs, les arts plastiques par exemple. J'ai longtemps vécu dans la ville de Matisse, le Cateau. C'est peut-être pourquoi j'en garde une sensibilité particulière pour la peinture. Je fréquente, ou plutôt je fréquentais, le Centre Pompidou et j'ai toujours encouragé la protection du patrimoine industriel. Il s'agit d'un héritage architectural de premier ordre et la réhabilitation et la transformation en bureaux de certaines usines du XIXe ont permis de rendre vie et âme à certains quartiers de la métropole du Nord.

Quand je vois la pauvreté des programmes régionaux de FR3, l'absence de lien réel avec le terroir de la plupart des responsables comme de la plupart des journalistes, qui passent d'un bureau à l'autre au gré des étapes de leur carrière, je me dis que bien des talents et des énergies sont ainsi gâchés. La régionalisation de FR3 doit être l'occasion de rendre à nos cultures locales leur authenticité et de permettre à nos régions d'exister et de dialoguer. Même, si nécessaire, au-delà des frontières.

Je me souviens encore des rappels à l'ordre de Pierre Messmer, alors Premier ministre, et de Michel Debré à la tribune de l'Assemblée nationale parce que, président du conseil régional Nord/Pas-de-Calais, j'avais osé nouer des contacts avec nos voisins belges. Il n'était, bien sûr, pas question de déposséder l'État de ses responsabilités fondamentales, mais la frontière qui sépare la Belgique et la France est une cicatrice de l'histoire. Elle sépare des régions naturelles, des villages, des familles, compliquant les échanges économiques et les relations entre les hommes. Or, c'est bien souvent à Paris et à Bruxelles qu'il faut régler des problèmes qui, parfois, concernent un même village coupé par la frontière. Je l'ai dit naguère et je le redis aujourd'hui : les affaires de clocher ne doivent plus être des affaires d'État, surtout lorsque l'Europe commence de l'autre côté de la rue. Gaston Defferre, au titre de la région Provence-Alpes-Côte d'Azur, avait d'ailleurs noué des relations avec l'Algérie et ma région du Nord/Pas-de-Calais a passé un accord avec le Maryland, aux États-Unis, qui présente des caractéristiques industrielles comparables. Le hasard du calendrier a fait que la signature de cette convention avec le Maryland a été mon premier acte de président du conseil régional une fois devenu Premier ministre. Et le gouverneur de cet État, venu pour l'occasion à Matignon, m'a raconté que, quelques années auparavant, il a signé un accord comparable avec une province japonaise dont le responsable est, le mois suivant, devenu Premier ministre. A croire que le Maryland est un vrai porte-bonheur...

4 AOÛT 1981 :
Les relations extérieures

Un diplomate distingué gravit le perron de Matignon. Il se nomme Eugéniuz Kulaga et représente la Pologne. C'est le premier ambassadeur que je reçois depuis que je suis Premier ministre. J'ai tenu à ce symbole. La Pologne est un pays qui m'est proche. Mille liens se sont tissés entre son peuple et ma région et la moitié du million de Polonais qui résident en France vivent dans le Nord/Pas-de-Calais.

Cet état de fait à lui seul aurait pu suffire à dicter mon choix. Mais voici que s'y ajoute l'immense espoir né durant l'été 1980 sur les bords de la Baltique, aux chantiers navals de Gdansk. Un espoir qui s'appelle : *Solidarité.*

La situation, qui est alors celle de Varsovie paralysée par la grève, donne à cette visite, dite « de courtoisie », un arrière-plan dramatique. Dans son français irréprochable, Eugéniuz Kulaga, après avoir brièvement retracé les événements qui se sont déroulés depuis un an en Pologne, m'adresse un véritable appel au secours. Il faut nourrir le peuple polonais.

Je sais que la France a deux moyens d'agir : donner une impulsion décisive aux négociations menées au sein du club des pays créanciers, dont nous assurons la présidence ; et débloquer l'aide bilatérale promise par nos prédécesseurs et partiellement gelée par eux. Selon mon visiteur, il y va de la consolidation du renouveau engagé depuis un an et poursuivi, en dépit des résistances et des pressions de toute nature.

L'affaire polonaise

Dès le lendemain, j'évoque en Conseil des ministres la démarche de l'ambassadeur et la situation de la Pologne. En accord avec le président de la République, je propose une série de mesures immédiates. A l'heure où la Pologne se trouve sans doute à la croisée des chemins, il importe que la France lui vienne en aide. Chacun connaît la suite. A l'issue du Conseil des ministres, Pierre Bérégovoy, Secrétaire général de la présidence de la République, annonce une aide inconditionnelle, tandis que je convoque un comité interministériel pour le début de l'après-midi, afin de mettre en œuvre sans attendre les mesures décidées. Au sein de mon cabinet, une cellule est chargée de résoudre, dans les plus brefs délais, les problèmes logistiques posés par une mobilisation exceptionnelle et d'en assurer le suivi. Moins de vingt-quatre heures après avoir reçu Eugéniuz Kulaga, je peux lui annoncer que nous sommes en mesure de livrer à son pays 150 000 tonnes de céréales, 15 000 tonnes de sucre, 11 000 tonnes de viande et de lui faire don de quelque 3 000 tonnes de fruits et d'une quantité importante de médicaments.

Dans les semaines et les mois qui suivent, les principaux représentants des trois grandes composantes de la société polonaise – l'État, Solidarité et l'Église – se succèdent à Matignon : Joseph Czyrek, membre du Bureau politique du POUP et ministre des Affaires étrangères, Lech Walesa qu'accompagnent plusieurs membres dirigeants de Solidarité dont Bronislaw Geremek ; Janunz Obodowski, vice-premier ministre, chargé de la coordination économique ; Mgr Glemp, archevêque de Varsovie et primat de Pologne. Sur des modes différents, certes, tous ont témoigné devant moi de leur attachement au renouveau polonais et de leur reconnaissance à l'égard de notre pays.

Ces visites me permettent de suivre directement l'évolution de la situation en Pologne et de mesurer la distance qui sépare les dirigeants de Solidarité et les représentants du gouvernement ou du parti. A cet égard, la conviction, la détermination et, je dirais, la force spirituelle des premiers contrastent avec le réalisme contrit ou la lassitude manifeste des seconds face aux effets de la crise économique que traverse leur pays. J'apprends ainsi à mieux connaître des interlocuteurs que je dois normalement revoir quelques semaines plus tard. Le gouvernement polonais m'a en effet invité à me rendre officiellement dans ce pays avant la fin de l'année 1981, et j'ai accepté.

Je suis notamment curieux de rencontrer le général Jaruzelski, promu Premier secrétaire du POUP au moment même où je reçois Walesa. Ce dernier le crédite, devant moi, d'un préjugé favorable. Je suis, en outre, déterminé à apporter au peuple polonais le soutien de la France dans le courageux processus de renouveau qu'il a engagé. Un déplacement dans la province polonaise est même organisé et je me réjouis à l'idée de rencontrer les mineurs de Katowice et les « gueules noires » de la mine de Piast dont les cousins ont fait souche dans le nord de la France.

Les nouvelles en provenance de Pologne se font toutefois de plus en plus alarmantes. Initialement programmé pour les 3, 4 et 5 décembre, mon voyage est repoussé de deux semaines. Le coup de force du 13 décembre le retarde pour beaucoup plus longtemps.

A Paris et un peu partout dans le pays, la réaction des Français, par son intensité et l'émotion dont elle témoigne, révèle la profondeur du vieil attachement entre nos deux peuples et l'intérêt passionné qu'avait soulevé le renouveau polonais. Rentré rapidement de Lille, j'exprime, dans la soirée du dimanche 13 décembre 1981, la position de la France. Je la développe trois jours plus tard à la tribune de l'Assemblée nationale. Reprenant les propos tenus le matin même en conseil des ministres par le président de la République, j'indique que « toute oppression intérieure, ou résultant d'une pression extérieure, doit être clairement, vigoureusement et constamment dénoncée ».

Traduire la désillusion de nombre de nos concitoyens est une chose. Mettre en garde ceux qui pourraient être tentés d'intervenir plus directement en Pologne en est une autre. Même si nous ne nous faisons aucune illusion sur les responsabilités soviétiques dans les événements du 13 décembre, il importe d'éviter une internationalisation de la crise. Les travailleurs polonais subissent déjà l'oppression de leur propre armée, on mesure ce qui se passerait si devait s'y ajouter l'oppression d'autres armées, étrangères celles-ci. Si le gouvernement ne peut demeurer insensible à l'élan du peuple français, et moi moins que quiconque, il n'y aurait rien de plus irresponsable et méprisable à l'égard des Polonais, comme des Français, que de dire davantage ou autre chose que ce que nous pouvons réaliser par des actes.

Une analyse lucide de la situation créée par le coup de force et un souci réaffirmé de poursuivre l'aide apportée, quoi qu'il nous en coûte de critiques et peut-être d'incompréhension, nous conduisent donc à refuser toute politique de représailles. Elle n'aurait eu d'autre résultat que d'ajouter aux souffrances endurées par le peuple polonais. Et elle aurait rendu la Pologne plus dépendante encore de son puissant protecteur. Car, lorsque la tension internationale s'accroît, les marges de manœuvre se restreignent au sein de chaque bloc. Le meilleur moyen d'aider les Polonais n'est sans doute pas de pratiquer une politique de sanctions. D'autant qu'historiquement de telles politiques ont leurs limites.

En revanche, tout ce qui peut être fait pour aider concrètement le peuple de Pologne en appuyant l'élan de solidarité et les initiatives des syndicats, directement ou, par exemple, par le canal de l'Organisation internationale du travail (OIT) à Genève, a été engagé et doit être soutenu. Sur le terrain diplomatique, la reprise de la conférence sur la sécurité et la coopération en Europe, à Madrid, nous a permis, en outre, de rappeler nos partenaires de l'Europe de l'Est à leurs engagements.

Cette réunion de Madrid se poursuivait cahin-caha depuis novembre 1980. Des discussions longues et difficiles avaient permis la réalisation de progrès sensibles, grâce aux tentatives de compromis multipliées par les pays neutres et les non alignés. L'une des divergences principales portait sur la définition du mandat d'une conférence sur le désarmement en Europe. Au contraire de l'Union soviétique, qui avait accepté en février 1981 d'étendre jusqu'à l'Oural la zone à propos de laquelle les signataires éventuels échangeraient des informations sur certaines activités militaires, et cherchait à obtenir une compensation. La France, soutenue par les Occidentaux, estimait qu'une telle conférence ne devait être convoquée qu'après un accord sur un mandat précis. L'effort des « neutres » et des « non alignés » pouvait permettre d'espérer un compromis avant la fin de l'année 1981. Mais le drame polonais a mis, en décembre, un terme brutal à cet espoir.

Dès la reprise de la conférence de Madrid en 1982,

les premières interventions montrèrent la vanité de poursuivre un dialogue constructif, alors que le peuple polonais restait soumis à l'état de siège avec la complicité active de l'URSS. Les accords d'Helsinki étaient manifestement violés. C'est pourquoi la conférence a été suspendue le 12 mars.

L'équilibre des forces

La France croit au dialogue, mais elle pense aussi que la paix ne passe pas par le neutralisme. Elle passe par l'équilibre des forces. Certes, je peux comprendre qu'en Allemagne fédérale chemine, derrière le pacifisme et le neutralisme, l'espoir d'une réunification. Mais comprendre ne signifie pas accepter.

Si nous voulons que l'expérience française réussisse, nous devons travailler au réveil de l'Europe, nous devons l'aider à maintenir une présence autonome sur la scène mondiale, nous devons lutter sans faiblesse contre toutes les forces de l'abdication et du renoncement. Il ne suffit pas de réclamer la paix pour l'obtenir. Il faut la construire. On ne peut y parvenir en position de faiblesse. Pour bâtir une paix durable, l'équilibre des forces est un préalable, le dialogue et la coopération une méthode.

D'où l'attention extrême que nous portons aux négociations qui se sont engagées à Genève en novembre 1981 entre Américains et Soviétiques, sur les forces nucléaires de portée intermédiaire. La France, sans être concernée par les modalités de ces discussions, salue l'ouverture de ce dialogue qui répond à sa préoccupation de voir s'établir, au niveau le plus bas possible, l'équilibre des forces en Europe. Il lui faut toutefois veiller à ce que les siennes ne soient pas prises en considération dans cette négociation. Car si les super-grands peuvent négocier une diminution de leur surcapacité nucléaire, nous n'avons, en ce qui nous concerne, aucune marge. Diminuer notre armement reviendrait à mettre en cause notre capacité de dissuasion.

Il est en effet clair que la France, loin de renoncer à faire entendre sa voix dans le débat Est-Ouest, entend au contraire porter haut et loin son message. La conduite que le gouvernement se doit de tenir dans le domaine de la sécurité trouve sa justification profonde dans une double exigence, ressentie de tout temps par notre peuple, et qui constitue l'un de ses principaux traits de caractère : la fidélité et l'indépendance.

Fidèles, nous voulons le demeurer envers nos alliés, au premier rang desquels sont les États-Unis d'Amérique. La France respecte ses alliances. Bien qu'il se soit volontairement retiré de l'Organisation militaire intégrée, notre pays continue à voir dans l'Alliance atlantique, non seulement un organisme de sécurité collective, mais, comme l'a dit le ministre des Relations extérieures, Claude Cheysson, une communauté humaine où s'expriment les mêmes valeurs que les nôtres, et dans laquelle nous nous inscrivons naturellement. Cet engagement, je l'ai rappelé le 24 juin 1981 au vice-président américain Georges Bush, le jour même de la formation du second gouvernement de la gauche et, donc, de la nomination de ministres communistes. Et François Mitterrand le disait en juillet, à Ottawa, au président Ronald Reagan. Au mois d'octobre, le président français s'est d'ailleurs rendu à Yorktown pour commémorer, aux côtés du président des États-Unis, la victoire commune de 1781, qui a assuré l'indépendance de la jeune démocratie.

Recevant le Premier ministre canadien, Pierre Elliott Trudeau, le 25 juin, le lendemain de la visite de Georges Bush, j'ai pu, à nouveau, mesurer l'obsession nord-américaine à l'égard du renforcement de la puissance soviétique.

En fait, l'accroissement ininterrompu du potentiel militaire de l'Union soviétique dans le domaine des armes à moyenne portée apparaît surtout comme une menace directe pour l'Europe occidentale. Un tel constat nous conduit à dénoncer les dangers du déséquilibre stratégique global et à soutenir le plan de modernisation des armements, décidée en 1979 par les pays de l'OTAN. L'Union soviétique se refusant à procéder au démantèlement de ses missiles SS 20, une initiative compensatoire nous est apparue légitime et logique du côté de l'Ouest. Mais nous n'avons pas à nous prononcer sur les modalités de cette riposte, puisqu'elle est le fait de nos alliés, membres de l'Organisation militaire intégrée, à laquelle nous n'appartenons pas. Il s'agit d'armes américaines à implanter sur des territoires qui ne sont pas ceux de la France. Nous avons toutefois intérêt à ce que l'équilibre Est-Ouest soit assuré. La responsabilité du gouvernement de la gauche était de le dire et de soutenir publiquement, sur ce terrain, les positions de nos plus proches alliés, notamment celle du chancelier allemand Helmut Schmidt.

Cette attitude nouvelle de la France, dans un débat aussi essentiel pour l'avenir, n'est dictée par aucun état d'esprit belliqueux mais par une simple constatation. Notre diplomatie ne mettra pas, seule, un terme aux rapports des forces sanctionnés par les accords de Yalta. Et cela, quelle que soit notre aspiration à libérer l'Europe de la simple et brutale politique des blocs. Ne serait-ce que parce que l'Union soviétique n'est nullement disposée à assouplir son attitude à l'égard des pays qu'elle considère comme appartenant à sa zone d'influence. La crise polonaise en a fourni une nouvelle preuve.

Toutefois, la France n'est elle-même, aux yeux du monde, depuis 1789, que parce qu'elle a vu naître l'idée nouvelle de liberté. Cela signifie notamment que, pour nous, l'appareil des bonnes manières diplomatiques ne saurait être simplement l'expression de la raison d'État à l'échelle internationale. Il ne saurait être une sorte de voile qui couvrirait, ou étoufferait dans le formalisme, les cris et les espoirs des hommes et des peuples derrière un mur d'apparence et de silence. C'est ce que j'ai dit, le 6 février 1982, à Constantin Tchernenko, l'un des principaux membres du bureau politique du PC d'Union soviétique, de passage à Paris à l'occasion du congrès du PCF.

Les dangers de la violence politique

Il n'est pas acceptable que le droit des États ignore ou bafoue le droit des peuples et les droits de l'homme. Ce refus, c'est le message même de la conscience morale universelle, c'est le message de la France.

Alors que nos sociétés d'Europe occidentale constituent de plus en plus une sorte d'îlot de démocratie dans un univers dominé par diverses formes de totalitarisme, alors que les garanties offertes aux citoyens et les modes de régulation de nos sociétés s'affinent, nous constatons que la violence tend, malgré tout, à devenir une forme habituelle d'expression de certaines minorités. Les écologistes des années 60 usaient du langage des fleurs. Aujourd'hui, ils montent volontiers à l'assaut casqués et armés. Et je ne crois pas que ce changement de méthode élargisse leur influence, bien au contraire.

L'usage de la violence à des fins politiques est, plus que jamais, au cœur des relations internationales. Nos pays ne peuvent ignorer cette question qui peut tout aussi bien miner leur vie intérieure que compromettre la paix dans le monde.

Nous assistons, depuis quelques temps, à un détournement, et, dans certains cas, je n'hésite pas à le dire, à un dévoiement de la règle qui figure dans la déclaration universelle des droits de l'homme et qui précise que la révolte est le « suprême recours » contre « la tyrannie et l'oppression ». Dans nos sociétés d'Europe occidentale, alors que nos peuples se prononcent par le moyen d'élections libres, peuvent user de voies de recours contre l'arbitraire, bénéficient d'une information pluraliste, peuvent promouvoir les droits collectifs des travailleurs, nul n'est fondé à user de ce recours suprême.

Autant il me semble de notre devoir d'aider les cheminements quelquefois difficiles vers la démocratie – et nous l'avons fait, pour le Salvador par exemple, par le biais d'une déclaration commune avec le Mexique –, autant il me semble que l'utilisation de la violence à des fins politiques n'est pas de mise dans nos démocraties occidentales. Il s'agit alors d'une grave atteinte aux libertés et, surtout, d'une grave erreur politique.

Cependant, la fermeté dont nous devons faire preuve à ce niveau implique que nous fassions montre d'une fermeté équivalente dans la défense des droits de l'homme à travers le monde. Car la « course aux atrocités » gangrène notre planète. La torture, les disparitions forcées, les arrestations massives, les exécutions sommaires deviennent, dans trop de pays, de simples pratiques administratives.

Je sais bien que face à cette situation on nous oppose le principe de la souveraineté des États et sa conséquence : la non-ingérence dans les affaires intérieures. Mais le principe de non-ingérence ne consiste pas, pour un État, à ne rien voir et à ne rien entendre, à ne rien penser et à ne rien dire, quoi qu'il advienne dans le monde. La non-ingérence signifie, dans le domaine des relations internationales, que tout État a droit au respect de sa souveraineté nationale et de l'indépendance de son territoire

Doit-on pour autant admettre qu'en l'absence de tout contrôle effectif on puisse tout à la fois adhérer à des principes humanitaires consacrés par la communauté des États et faire de l'arbitraire une méthode de gouvernement ?

A l'évidence, un contrôle s'impose. Dans ce domaine, les organisations et comités qui se constituent à partir de la mobilisation directe de l'opinion publique jouent certainement un rôle irremplaçable. Mais nous devons faire plus. L'idéal serait de mettre en place une Cour internationale des droits de l'homme.

Je n'ignore pas que toutes les initiatives prises en ce sens à l'ONU ont avorté. Toutes ont buté sur le fameux principe de non-ingérence. Mais l'Europe, avec la Convention européenne des droits de l'homme et la Cour de Strasbourg, a ouvert une voie. Et je regrette que la France ait mis vingt-trois ans à ratifier cette convention. Dès mon arrivée à Matignon, j'ai d'ailleurs fait en sorte que chaque citoyen français puisse en appeler à la Cour européenne. Cette règle, le gouvernement de la gauche l'accepte au nom de sa conception de la démocratie.

Car je crois à la nécessité d'une morale, une morale à la fois personnelle et sociale. Une morale qui n'implique pas l'appartenance à une église, même si chacun sait bien que, dans notre civilisation, cette morale sera nécessairement issue d'un humanisme chrétien.

L'action de la France en faveur de la défense des droits de l'homme ne peut donc s'exercer uniquement au sein des instances internationales. Elle doit nécessairement trouver un point d'application dans notre vie quotidienne collective. En premier lieu, bien sûr, par la réaffirmation du droit d'asile offert à tous ceux qui sont poursuivis et inquiétés pour leurs opinions. Dans les semaines qui ont suivi la formation du gouvernement, nous avons ainsi décidé de porter à 1 500 par mois le contingent de réfugiés en provenance du Sud-Est asiatique admis en France.

Inlassablement, et en dépit des fins de non-recevoir auxquelles nous nous sommes trop souvent heurtés, le gouvernement de gauche a tenté généralement par le canal de nos ambassades, d'arracher de leurs cachots tous ceux qui, persécutés dans leur esprit et dans leur chair, attendent la maigre chance de pouvoir rejoindre un exil de leur choix. Quelques noms me reviennent, d'êtres en faveur de qui je suis personnellement intervenu et qui sont autant de victimes de l'oppression et de l'arbitraire : Alexandre Paristsky, Didazco Perez, Armando Valladares... et je ne parle pas de la rocambolesque aventure de Denise Dupont et de ses fils en Libye. Il est heureux que le chancelier Kreisky, que j'avais alerté au téléphone durant le voyage du colonel Kadfafi en Autriche, ait pu jouer les médiateurs et obtenir leur libération.

L'accueil des immigrés

Enfin, et c'est je crois fondamental, nous nous sommes efforcés de sortir les immigrés de la situation de non-droit dans laquelle nombre d'entre eux se trouvaient lorsque la gauche est parvenue au pouvoir, soit par le fait des « donneurs d'ouvrages » qui tirent bénéfice du travail clandestin, soit, tout simplement, en raison d'une information insuffisante des intéressés eux-mêmes sur les droits auxquels ils pouvaient légitimement prétendre. Dans ce domaine, je suis fier du bilan que la France a su réaliser en quelques mois.

Ils sont venus par centaines de milliers, ces travailleurs, la plupart des pays du Sud. Ils ont contribué – et de quelle manière ! – pendant les années 60 et au début de la dernière décennie, au temps de la prospérité donc, à notre croissance économique.

La crise étant là, certains n'ont pas résisté à la tentation de faire des immigrés les « boucs émissaires » du chômage.

A l'inverse, l'une des premières préoccupations du secrétaire d'État François Autain a été d'abroger un ensemble de textes et de dispositions qui attentaient à la dignité de ces hommes, à la sécurité de ces familles. Leur contribution à notre richesse a été trop précieuse pour que nous l'oubliions aujourd'hui. Je ne voudrais pas avoir à rougir du sort qui leur est fait dans mon pays.

Certes, nous avons pris des mesures pour arrêter les flux migratoires et nous avons renforcé les contrôles aux frontières, en concertation, d'ailleurs, avec nos partenaires qui pratiquent traditionnellement l'émigration de leur main-d'œuvre. Agir différemment eût été irresponsable dès lors que la situation du marché de l'emploi ne permettait plus d'utiliser une main-d'œuvre émigrée supplémentaire. Mais, dans le même temps, nous nous sommes efforcés, par une série de mesures législatives et réglementaires, de redonner aux immigrés un véritable « droit de cité » en France.

Nous avons voulu mettre fin à la précarité de leur situation, tout en défendant leurs droits à l'identité afin qu'ils ne soient pas réduits au dilemme : assimilation ou retour.

Nous nous refusons, certes, à faire appel à de nouveaux émigrés, mais nous entendons que tous ceux qui se sont établis en France puissent y rester, s'ils le désirent, en bénéficiant de garanties renforcées. Nous avons mis fin à la crainte permanente de l'expulsion en suspendant les procédures en cours et en préparant une nouvelle loi portant sur ce point.

Nous avons mis fin, aussi, à la crainte permanente du non-renouvellement des titres de travail ou de séjour en prévoyant leur reconduction pour tous ceux qui étaient régulièrement installés en France.

Nous avons réaffirmé le droit des immigrés à mener une vie familiale qui leur était, jusqu'alors, déniée. C'est-à-dire que nous leur avons enfin reconnu des droits aussi élémentaires que le droit au mariage, en supprimant la notion d'autorisation, le droit au regroupement familial, le droit à sortir de la clandestinité grâce à la régularisation des travailleurs sans papiers.

Un dialogue Nord-Sud rénové

Il appartient à la communauté des États d'adopter une attitude similaire en ce qui concerne les relations des pays industrialisés avec les nations prolétaires. La poursuite de la croissance à long terme de nos économies exige d'ailleurs une telle réorganisation des relations économiques internationales. Chacun d'entre nous sait bien que le déséquilibre Nord-Sud actuel ne peut être indéfiniment maintenu. Il y va de notre avenir commun.

La France, pour sa part, insiste sur la nécessité d'un dialogue Nord-Sud rénové. Cette nécessité a été réaffirmée lors de la conférence de Cancun en octobre 1981 au Mexique. Nul n'a oublié les propos tenus, à cette occasion, par François Mitterrand. « Il n'y a pas et ne peut y avoir de stabilité politique sans justice sociale, rappelait-il. Et quand les inégalités, les injustices ou les retards d'une société dépassent la mesure, il n'y a pas d'ordre établi, pour répressif qu'il soit, qui puisse résister au soulèvement de la vie. L'antagonisme est-ouest ne saurait expliquer les luttes pour l'émancipation des "damnés de la terre", pas plus qu'il n'aide à les résoudre. »

Je suis convaincu que les ensembles régionaux, les communautés politiques et économiques, et singulièrement l'Europe communautaire, ne remplissent véritablement leurs fonctions que s'ils se donnent pour but de développer pleinement les capacités matérielles et spirituelles des hommes qui les composent, et savent les mobiliser pour un idéal d'épanouissement et d'entraide.

Quand on mesure l'injustice qui frappe les pays les plus pauvres, quand on considère les conséquences de la hausse du coût de l'énergie et de la crise économique mondiale, il apparaît non seulement indispensable mais urgent d'arrêter des mesures comme le renforcement des interventions des institutions financières internationales, l'extension de l'aide publique au développement, l'accroissement des investissements privés et un meilleur accès des pays du tiers monde aux marchés mondiaux. Dans le cadre des conventions de Lomé, l'Europe a ouvert, dans ce domaine, des voies qu'il nous a paru bon de proposer à l'ensemble de nos partenaires lors de la conférence de Paris sur les pays les moins avancés.

A cette occasion, des objectifs quantitatifs ont été proposés. S'ils étaient atteints – et la France s'y est, pour sa part, engagée –, ils constitueraient en soi un progrès substantiel. Mais au-delà, c'est à une mobilisation de notre potentiel humain, scientifique, technologique qu'il faut en appeler en même temps qu'à une augmentation et à une diversification des échanges entre les pays du Nord et du Sud.

Je suis en effet persuadé qu'une politique volontariste d'aide et de coopération empruntant des voies nouvelles – celles qui furent tracées à Cancun notamment –

contribuera au déblocage de l'économie mondiale et nous sortira de la crise à laquelle nous sommes tous confrontés, les pays dits « avancés » comme les nations prolétaires.

Dans ses relations avec le tiers monde, la France se refuse à suivre ceux qui seraient tentés de l'entraîner dans une dialectique consistant à faire des pays en développement un enjeu entre l'Est et l'Ouest. Il n'est pas question, pour nous, de leur imposer un choix entre deux modèles, ou plus simplement une protection non sollicitée. Les schémas conçus et proposés par les pays avancés ont trop souvent conduit à l'échec, lorsqu'ils étaient appliqués tels quels dans les pays en développement, pour que le principe de l'autodétermination des peuples ne trouve pas un prolongement nécessaire dans le libre choix du modèle de société auquel ces peuples aspirent.

C'est là le langage que tient quotidiennement Jean-Pierre Cot et que j'ai personnellement développé devant des interlocuteurs aussi différents que Mosni Moubarak, alors qu'il n'était encore que vice-président en Égypte, Tarek-Azziz, le vice-président irakien, Indira Gandhi, Walter Lini, Premier ministre du Vanuatu, Carlos Rafael Rodriguez, vice-président du Conseil d'État et du Conseil des Ministres de Cuba, et le Premier ministre de Tunisie, Mohamed Mzali dont je fus l'hôte en février 1982.

A la fin du mois de novembre 1981, nous avons créé une délégation interministérielle chargée, sous l'autorité du Premier ministre, de mobiliser l'ensemble des administrations françaises et de coordonner leurs interventions dans le domaine de la coopération et de l'aide au développement. Elle est venue compléter les réformes de structures engagées, d'une part au sein du ministère des Relations extérieures avec la nomination d'un ministre délégué chargé de la Coopération et du Développement (dont les compétences ne se limitent plus désormais à nos anciennes colonies d'Afrique noire), et d'autre part au sein du ministère de la Recherche et de la Technologie dont l'une des priorités est dorénavant d'œuvrer en faveur du même objectif et qui s'est doté, dans ce but, d'un service des affaires internationales.

Le redéploiement de notre politique d'aide et de coopération ne signifie pas que la France ait renoncé aux responsabilités particulières qui lui ont été léguées par l'histoire dans telle région du monde. La Conférence franco-africaine, qui s'est tenue les 3 et 4 novembre 1981 à Paris, sous la présidence de François Mitterrand et avec la participation de quelque trente chefs d'État ou de gouvernement, en est la preuve. Mais les conditions de son déroulement – aucun problème n'a été éludé, y compris les plus délicats, notamment la situation de Mayotte – de même que la présence d'un grand nombre d'observateurs n'appartenant pas à l'Afrique francophone ont démontré, je pense, qu'une page avait été tournée dans nos relations avec le continent africain. Des relations qui furent longtemps entachées, peut-on le nier, de nostalgie coloniale !

Cette réorientation n'enlève rien aux rapports étroits et chaleureux qui existent avec tel ou tel homme d'État. Bien au contraire. Comment dissimuler, par exemple, la satisfaction que j'ai éprouvée lors des entretiens que j'ai eus successivement avec le président Léopold Sédar Senghor puis, à deux reprises, avec son successeur à la tête du Sénégal, un homme d'État aussi fin et remarquable que le président Abdou Diouf, ou, plus simplement, avec un ami, le Premier ministre Habib Thiam. Ces mêmes sentiments, cette même complicité venue du cœur autant que de la raison, je les ai éprouvés en me rendant, en février 1982, à la résidence du président tunisien, Habib Bourguiba, près de trente ans après avoir manqué un autre rendez-vous avec celui qui n'était encore que le chef du Destour. Avec mes amis des Jeunesses socialistes d'alors, j'ai en effet vibré à son combat de libération nationale complémentaire d'une volonté de coopération amicale avec la France.

Cette politique, que nous appelons l'ensemble de nos partenaires à mettre en œuvre, a trouvé un champ d'application privilégié et sa première illustration dans les relations d'un type nouveau que les gouvernements français et algérien ont décidé de développer. Consécutif au voyage du 30 novembre 1981 du président de la République en Algérie, l'accord négocié par Gaz de France et la société algérienne Sonatrach, sous les auspices des deux gouvernements, est en réalité la traduction concrète de ce que pourrait être un véritable codéveloppement entre deux pays, l'un du Nord et l'autre du Sud.

La valorisation de matières premières qui sont, dans bien des cas, leurs principales ressources est une revendication légitime des pays en développement. En acceptant de négocier avec l'Algérie un contrat à long terme portant sur la livraison d'importantes quantités de gaz, et assorti de clauses d'indexation qui constituent pour l'Algérie une garantie de ressources dont la contrepartie sera pour les entreprises françaises la certitude d'une participation privilégiée à l'effort d'équipement de ce pays, nous n'avons pas seulement accompli un geste riche de signification politique. Nous avons voulu mettre en harmonie notre discours et nos actes et, ce faisant, nous avons, j'en suis persuadé, ouvert une voie d'avenir pour les deux pays et pour tous ceux qui sauront l'emprunter.

9 OCTOBRE 1981 :

La construction européenne

Un pâle soleil éclaire timidement le fumoir qui jouxte mon bureau. Gaston Thorn, président de la commission des Communautés européennes, s'est assis à côté de moi, sur le canapé.

Depuis le 1er janvier 1959, date de la mise en place de la Communauté économique européenne, les prédécesseurs de Gaston Thorn ont eu, à maintes reprises, l'occasion de dialoguer avec des chefs de gouvernement socialistes : en Allemagne fédérale, en Belgique, aux Pays-Bas, au Danemark, en Grande-Bretagne Mais c'est la première fois que le président dc la commission s'entretient avec un Premier ministre français socialiste qui dirige un gouvernement comprenant des ministres communistes. C'est que, depuis vingt-trois ans, la gauche française et l'Europe ont cheminé séparément. Aujourd'hui, c'est à peine si l'on peut parler de retrouvailles ; il s'agit plutôt d'une prise de contact.

Pourtant, les socialistes français ont été partie prenante dans la naissance de l'Europe. Lorsque le traité de Rome est signé, en 1956, le président du Conseil s'appelle Guy Mollet. C'est lui qui s'est employé, avec succès, à vaincre les diverses oppositions qui se manifestaient à l'époque en France.

Avec l'avènement de la Ve République, la gauche, rejetée dans l'opposition, assiste en spectatrice aux premiers pas de la Communauté, à sa croissance et à son élargissement. Le parti socialiste, tendu vers la conquête du pouvoir, sous-estime parfois les difficultés qu'elle rencontre : crise économique, crise d'organisation du système monétaire mondial.

Un quart de siècle à rattraper ? C'est ce que doit penser mon interlocuteur. Il redoute qu'au nom du redressement économique et de la reconquête de son marché intérieur la France soit prête à abandonner les acquis communautaires et à retourner au protectionnisme. Ce quart de siècle d'absence a engendré bien des incompréhensions.

Je sens mon interlocuteur préoccupé de la sauvegarde de ce qui a été déjà réalisé en Europe, et inquiet de la volonté de changement affirmée par le gouvernement français. Il paraît craindre un avenir qu'autour du président de la République nous brûlons tous de dessiner à l'échelle de l'Europe. Car le succès de notre projet de société passe par « plus d'Europe » et non l'inverse. D'où, par exemple, notre proposition d'un « espace social européen ».

Retrouver une perspective politique

Au lendemain de la Seconde Guerre mondiale, les nations européennes se refusèrent à ce que l'Europe fût réduite à une sorte de no man's land ou à ce petit cap de l'Asie entrevu par Paul Valéry. Le sens de leur continuité historique, la conviction des enrichissements collectifs qu'apporterait une mise en commun de leurs valeurs et de leurs ressources propres confortèrent ce refus des nations européennes, qui prirent alors conscience de leur nécessaire insertion dans un ensemble organique plus vaste.

Mais pour les hommes du Nord, cette prise de

conscience et cette insertion ne dataient pas de la guerre. Pour en retrouver les origines, il faudrait remonter jusqu'aux premières années du XVIe siècle, voire avant. Il faudrait remonter à l'époque carolingienne, quand l'offensive de l'Islam a rompu l'unité méditerranéenne qui avait survécu à l'Empire romain, quand l'Europe occidentale se constitua en un monde distinct, tourné désormais vers la mer du Nord et l'Atlantique.

Tout au long des âges, l'histoire économique nous a rendu solidaires. Et singulièrement à l'heure du fantastique mouvement d'industrialisation et d'urbanisation qui, avec le XIXe siècle, a fait du Nord/Pas-de-Calais, de la Belgique, des Pays-Bas, de la Ruhr et du sud de l'Angleterre le centre du développement, le symbole de la révolution industrielle et du capitalisme triomphant et, par conséquent, le berceau de la lutte pour les droits des travailleurs. C'est là une dimension essentielle de notre passé et de notre avenir.

Mais cette révolution industrielle était celle du siècle passé. De nouvelles productions ont surgi, les centres d'activités et les circuits commerciaux ont été bouleversés.

Le principal défi auquel notre vieux continent se trouve dès lors confronté est celui de son déclin historique. J'y songeais, en septembre 1981, en survolant les vallonnements de la Marne à l'occasion du soixante-cinquième anniversaire de la bataille de Verdun. Je ne pouvais m'empêcher de penser que jamais aucun sol, dans aucun pays, n'a vu couler tant de sang. Cette hémorragie a affaibli l'Europe tout entière. Car, de cette blessure, l'Europe ne s'est jamais complètement relevée.

On ne répétera jamais assez ce qu'a eu de suicidaire cette lutte fratricide qui, de 1914 à 1918, jeta nos peuples les uns contre les autres. Nous en payons encore le prix. Et le second conflit mondial a précipité le déclin d'une

Europe coupée en deux, pauvre en énergie et en matières premières, de plus en plus soumise à une division internationale du travail qui lui est imposée de l'extérieur. Une Europe à nouveau frappée par la crise économique et minée par la violence.

Pour exister, l'Europe a besoin de s'affirmer, de prendre confiance en elle-mêmc. Elle doit retrouver l'élan qui, il y a un quart de siècle, avait permis de signer le traité de Rome. Or, elle doute et s'interroge.

De même que, sans la Communauté, nous n'aurions pu, au lendemain de la guerre, relever les défis du redressement économique de l'Europe, de même aujourd'hui nous ne pouvons poursuivre notre route que collectivement. Mais à condition que la Communauté constitue un véritable ensemble et non une simple zone commerciale au sein de laquelle chacun n'accepte de participer qu'en fonction des avantages qu'il en retire.

Il est temps, plus que temps, de prendre conscience de notre solidarité à l'heure où le centre de gravité de la planète se déplace de plus en plus nettement de l'Atlantique vers le Pacifique. Certes, il n'appartient pas à la Communauté de se substituer aux efforts nationaux, mais elle doit les prolonger et, en quelque sorte, les bonifier, voire les susciter. A cet égard, n'est-il pas significatif que, face à la crise de l'énergie qui vient de marquer la décennie, la Communauté européenne n'ait pu parvenir à mettre en place une politique commune ? Les progrès effectués dans cette voie demeurent très limités et sans proportion avec l'enjeu.

Il est nécessaire de s'opposer à la perspective d'une Europe vassalisée économiquement et réduite progressivement à un statut de super-sous-traitant. L'heure du sursaut nous semble avoir sonné. Il faut rendre aux peuples d'Europe une perspective politique. Subir ou réagir. Être sujet ou acteur de l'Histoire. Aux Européens de choisir. Collectivement. A chacun de nos peuples de choisir.

La politique agricole commune

Mais Gaston Thorn n'est pas venu méditer sur le destin collectif de nos peuples. Il en reste à l'article 9 du traité de Rome, celui qui stipule que « la Communauté est fondée sur une union douanière qui s'étend à l'ensemble des échanges de marchandises ». C'est bien là le signe des limites d'un quart de siècle de construction européenne.

L'Europe était, au départ, une union douanière avec des prolongements potentiels : union économique, union monétaire, union politique. Les difficultés actuelles tiennent au fait que l'union douanière est devenue incertaine et que ses prolongements sont demeurés de simples potentialités.

La crise économique et les perturbations monétaires notamment ont perverti le fonctionnement de l'union douanière européenne et bloqué tout progrès dans la voie de l'intégration. Cette tendance a encore été renforcée par l'entrée de la Grande-Bretagne dans la Communauté. Ce pays, qui a vécu pendant des siècles au vent du large, rencontre beaucoup de difficultés, sans doute plus psychologiques que techniques, à s'intégrer dans le contexte européen.

Protectionnisme larvé, montants compensatoires, entorses aux règles du traité sont devenus monnaie courante et représentent les soucis essentiels de la Commission de Bruxelles. Après avoir exercé un rôle d'entraînement, la voici contrainte de jouer les gendarmes. Mais elle ne peut durablement s'en tenir au rôle de gardien sourcilleux des textes. Il lui appartient aussi de rendre à la construction européenne le souffle politique qui lui fait si cruellement défaut.

Sans cette relance, les contentieux à propos de la politique agricole commune ou de la reconquête du marché intérieur ne tarderont pas à devenir insolubles.

Pendant des milliers d'années, les nations ont vécu de leur agriculture ; les plus industrialisées doivent apprendre à vivre à présent *avec* leur agriculture, et cette aventure a commencé il y a deux cents ans. Pendant longtemps, l'agriculture a fourni l'essentiel de ce que les économistes appellent le produit national brut. Les nations vivaient au rythme des saisons, c'est-à-dire, au hasard des années, l'abondance ou la famine. Car en agriculture, la production ne peut jamais correspondre aux besoins. Il y a trop ou pas assez. Et les protestations qui s'élèvent, chaque année, devant des destructions limitées et marginales de certaines denrées en surproduction traduisent une méconnaissance de cette réalité première de la terre : elle décide et l'homme dispose.

Ce rythme des saisons est demeuré la règle très longtemps. Le progrès technique était lent. L'étrier n'a été connu en Europe qu'au Xe siècle après Jésus-Christ, le collier d'attelage au VIIe et au VIIIe siècle et le mode de vie évoluait peu. Les courriers de Danton n'allaient pas plus vite que ceux de Jules César, les costumes avaient peu changé et nos villages, encore sous Louis XIV, vivaient comme du temps des Romains, c'est-à-dire à la vitesse d'un attelage.

Tout a changé à partir de 1760, lorsqu'un mécanicien écossais nommé Watt a inventé la machine à vapeur. Au départ, personne ne s'est rendu compte des conséquences de cette découverte. Si l'Angleterre a pu en profiter plus rapidement que la France, c'est que cette dernière a vu son entrée dans l'ère industrielle retardée par les guerres de la Révolution et de l'Empire.

En tout état de cause, à partir du moment où le secteur secondaire s'engageait dans la voie d'un développement de plus en plus rapide, des problèmes ont commencé à se poser au secteur agricole. De secteur prioritaire, il s'est trouvé progressivement relégué au second rang, il s'est vu priver peu à peu de ses hommes et imposer des techniques industrielles.

Cette évolution, en France, a été lente. Ce n'est qu'à partir de 1950, c'est-à-dire près de deux siècles après la découverte de Watt, que nous avons assisté à deux événements parallèles : l'accélération de l'exode rural et la mécanisation de l'agriculture. Je rappellerai simplement qu'en 1958, lorsque le général de Gaulle est arrivé au pouvoir, la France comptait 23 % d'agriculteurs dans sa population active et qu'aujourd'hui ce pourcentage est tombé à 9 %. Nos paysages, notre urbanisme, nos manières de vivre et de penser en ont été bouleversées. Les modifications d'équilibre politique intervenues sont, elles aussi, en partie, une conséquence de cette mutation.

Cette évolution, qui a commencé à se faire sentir avant la Seconde Guerre mondiale dans les pays d'Europe continentale, avait conduit les gouvernements à mettre en place des dispositions, certes différentes dans leur formulation, mais qui conduisaient à des résultats similaires et assujettissaient l'agriculture à des règles d'intervention économique plus ou moins rigides.

Telle était la situation lorsque fut mis en place le Marché commun. Les rédacteurs du traité, dont l'objectif essentiel était la constitution d'une union douanière, ont jugé nécessaire d'inclure l'agriculture dans l'accord. C'est ce qui explique la mise en place de la politique agricole commune. Son objectif essentiel est de permettre la libre circulation des produits agricoles au sein de la Communauté.

Cette politique s'est révélée bénéficiaire pour l'ensemble des agriculteurs européens. L'accroissement de la production agricole qu'a connu l'Europe depuis 1960 n'aurait pas pu être absorbé par les marchés des pays membres sans la disparition des obstacles aux échanges intracommunautaires et la mise en place d'une préférence communautaire. La mécanisation, l'utilisation des progrès génétiques et de modes de culture modernes ont permis à notre agriculture d'atteindre des niveaux de production et de rendement comparables à ceux de nos partenaires les plus avancés de la CEE. L'existence d'un marché unique de plus de 200 millions d'habitants consommant en priorité les produits des fermiers européens est donc un atout dont nous ne pouvons pas nous priver.

Certes, comme toutes les constructions humaines, la politique agricole commune est sujette à bien des vicissitudes. Définie dans un contexte de croissance économique et de taux monétaires fixes, elle évolue maintenant dans une Communauté qui, à l'instar de l'ensemble du monde, est confrontée à une grave crise économique et se débat avec des monnaies qui fluctuent. La tâche est donc particulièrement rude pour Édith Cresson.

En dépit de ces difficultés et pour les surmonter, nous pouvons ramener, me semble-t-il, les problèmes de l'agriculture à deux idées simples :

– L'agriculture est une activité économique essentielle à la nation.

– Elle subit un certain nombre de sujétions en raison de son appartenance au secteur primaire.

L'agriculture est une activité essentielle, nous ne devons jamais l'oublier. Elle remplit deux fonctions principales. La première réside dans la mise en valeur du territoire national, qui évite de voir transformer en déserts des zones entières de notre pays. La seconde consiste à fournir des produits de première nécessité qui devraient, en tout état de cause, être importés si cette activité n'existait pas. Cette production sur le territoire national nous assure la sécurité alimentaire.

Les producteurs se trouvent ainsi investis d'une mission d'intérêt général, ce qui justifie un effort de l'ensemble de la nation. Il est normal que l'État facilite l'exercice de cette profession, étant bien entendu toutefois que les agriculteurs sont des entrepreneurs et que, dès lors, ils ne sauraient tout attendre de la puissance publique. L'agriculture doit demeurer un authentique secteur économique vivant, comme l'ensemble du pays, au rythme des variations de la conjoncture. Il connaît les mêmes problèmes que d'autres productions et se trouve confronté à la récession mondiale de ces dernières années. J'ajoute que le gouvernement demeure décidé à fonder les aides sur la réalité des revenus et non sur les productions. Toutes les agricultures ne nécessitent pas le même type de traitement. Les aides à la production finissent toujours par enrichir les plus puissants.

Cette action de l'État a été relayée par celle de la Communauté européenne. Le régime particulier, instauré en faveur de l'agriculture, a été bénéfique pour l'ensemble des agriculteurs européens et singulièrement pour les agriculteurs français. Il convient donc de le sauvegarder, même s'il est indispensable de le réformer.

La seconde idée, le fait que l'agriculture subit un certain nombre de sujétions en raison de son appartenance au secteur primaire, est un point décisif.

D'une part, le prix des produits agricoles de base ne représente qu'un pourcentage minime du prix de vente au consommateur. La valeur du blé utilisé pour réaliser une baguette de pain, ou celle du lait qui entre dans la composition d'un yaourt, sans être négligeable, est très faible.

D'autre part, lorsqu'on parle d'agriculture, on ne peut ignorer les importantes disparités qui existent. On ne peut ignorer que les niveaux de revenus varient considérablement d'une région à l'autre, d'un type d'exploitation à l'autre. Et c'est particulièrement vrai en France.

Notre agriculture est diverse d'abord en raison de la configuration géographique du pays. L'éventail des productions est très ouvert, ce qui nous conduit à connaître, dans le domaine agricole, toutes les difficultés sectorielles que rencontre la Communauté européenne. Les Italiens ont, par exemple, du vin et quasiment pas de lait, alors que les Néerlandais ont beaucoup de lait et pas du tout de vin. La France, en revanche, bénéficie des deux productions et de bien d'autres encore. Cette diversité entraîne une grande disparité de nos structures agricoles, disparité encore accentuée par l'évolution que nous avons connue au cours des trois dernières décennies.

Dans les régions de grandes cultures, la superficie moyenne par exploitations est supérieure à celle des régions consacrées essentiellement à l'élevage, à la vigne ou aux seules productions légumières et fruitières. Les problèmes qui se posent à ces diverses catégories de produits sont donc différents et peuvent même engendrer des antagonismes. Il nous appartient, ensemble, de résorber ces contradictions dans un esprit de justice et de solidarité, en insérant davantage l'agriculture dans le fonctionnement des économies modernes, en fondant notre démarche sur l'expansion et la croissance.

La demande mondiale peut nous permettre de réaliser nos ambitions si nous savons mener à bien les actions suivantes :

– Assurer une meilleure organisation des marchés, en particulier grâce aux offices par produits mis en place à l'initiative du gouvernement.

– Réduire les consommations intermédiaires. Ce sont elles, et la hausse du dollar, qui ont en effet pesé le plus sur les prix et les revenus agricoles.

– Procéder à une véritable reconquête de notre marché intérieur. Il est, par exemple, inacceptable que notre balance commerciale soit à ce point déficitaire en ce qui concerne la viande de porc, de lapin ou de fleurs.

– Savoir réaliser des investissements porteurs d'avenir.

Toutes les actions engagées doivent, certes, être menées avec résolution mais elles doivent toujours demeurer dans le cadre des accords européens. Car, même si la politique agricole commune donne des signes évidents d'essoufflement, nous ne pouvons prendre le risque de la sacrifier en arrêtant des mesures nationales d'esprit anticommunautaire.

Ce n'est pas, à mon sens, le cas des diverses aides à l'installation, à la formation, contre les calamités... Ces efforts sont nécessaires et limités. Mais les lois de l'alternance au pouvoir font qu'il appartient aujourd'hui au gouvernement de la gauche de recevoir les injonctions juridiques de la Communauté économique européenne alors que, sur bien des points, il subit le contrecoup des nombreuses transgressions des règles du traité de Rome effectuées par plusieurs pays membres au cours des dernières années.

La crise du budget communautaire attise en outre les critiques adressées à la politique agricole commune, dont le coût empêcherait le développement de nouvelles politiques communes, et suscite une vigilance accrue de nos partenaires.

En réalité, les dépenses consenties par la CEE pour

le soutien de son agriculture ne sont proportionnellement pas plus élevées que celles des autres pays industrialisés. La part prépondérante prise par les dépenses agricoles dans le budget communautaire est liée au fait que la politique agricole reste la seule véritable politique commune.

Il est vrai que, pour certains produits, les dépenses de soutien des marchés connaissent une progression inquiétante. Il faut en rechercher la cause autant dans les dérogations à la préférence communautaire – on connaît le coût des importations de soja et de manioc – que dans l'inadaptation du système de garantie des prix.

En effet, le système des prix indifférenciés, garantis quel que soit le volume de production de l'exploitation, engendre des bénéfices élevés pour la grande exploitation, alors qu'il assure à peine la survie des petits et moyens agriculteurs. C'est sur cette constatation de bon sens que repose notre proposition de moduler la garantie des prix en fonction du volume livré en visant le soutien prioritaire des revenus des petites et moyennes exploitations.

Le gouvernement français insiste auprès de ses partenaires pour qu'un consensus minimum soit rétabli sur les objectifs de la politique agricole commune, pour que la limitation de la progression des dépenses agricoles résulte de l'application de réformes de structure, et pour que le pouvoir d'achat des producteurs soit préservé.

Selon nous, la vocation agricole de l'Europe doit être réaffirmée. C'est un élément essentiel de l'équilibre de ses comptes extérieurs, c'est une condition sine qua non pour le maintien de l'emploi en milieu rural, particulièrement dans les circonstances économiques actuelles.

J'ai pu mesurer, il y a déjà bien des années, ce que signifiait, pour les autres, être maire de Lille, mandat auquel, comme tous les maires de France, je suis particulièrement attaché.

Maurice Faure, avec qui j'étais à Strasbourg, en 1979, membre de l'Assemblée des Communautés européennes, me dit un soir avec sa verve méridionale : « Tu es maire de Lille et Lille, cela fait sérieux ! » Il reprenait ainsi les propos que le général de Gaulle tenait aux dirigeants de l'UNR, à l'aube de la Ve République. Il leur avait demandé de réunir leurs congrès à Metz, Sedan ou Lille, bref dans des villes sérieuses ! Eh bien, si Lille fait sérieux, elle fait aussi « grande ville », elle évoque l'industrie, l'histoire ouvrière ; et l'image de son maire est, par déduction, celle d'un homme éloigné des campagnes.

Je suis pourtant un vrai villageois, dont l'enfance s'est déroulée parmi les herbages de l'Avesnois, dans une ferme qui était le modèle même de l'exploitation familiale, puis dans l'école d'un gros bourg ouvrier du Cambrésis. Avec ceux qui sont vraiment des campagnards, avec ceux qui connaissent la monotonie des jours et les trop longues soirées, surtout en période de guerre, j'ai subi l'attraction de la ville mais je conserve, comme beaucoup de Français, le souvenir du village perdu. Si pour vivre j'ai besoin du Cambrésis, pour mourir j'aurais besoin de l'Avesnois.

Il est vrai qu'à cause de mes racines, mes dialogues avec le président de la République m'ont souvent rappelé combien il est resté un homme de la terre. Il suffit de partager l'un de ses week-ends dans sa bergerie landaise pour mesurer combien il communie avec la nature. Je garde la mémoire d'un de ces moments rares. Une pluie d'été nous avait obligés à nous réfugier dans une palombière. Au milieu de la forêt soudain immobile et silencieuse, tandis qu'au loin roulait l'océan, nous avons devisé longuement.

Fugitive, cette image passe devant mes yeux tandis qu'en écoutant Gaston Thorn j'aperçois la cime des vieux arbres de Matignon. Un dossier chassant l'autre, nous poursuivons l'examen des questions qui inquiètent nos partenaires.

Si le débat autour de la politique agricole commune, notamment lors de la négociation annuelle sur la fixation des prix, est pratiquement devenu un rite, il n'en va pas de même de la notion de reconquête du marché intérieur. Et, à l'évidence, là se situent les inquiétudes les plus vives de Gaston Thorn.

La reconquête du marché intérieur est d'abord l'un des slogans de la campagne présidentielle de François Mitterrand. Mais, dès mon arrivée à la tête du gouvernement, j'ai pu constater qu'il s'agissait d'un des rares objectifs qui aient provoqué une convergence presque totale entre les acteurs de notre vie économique. Je ne peux en dire autant, il est vrai, des réactions étrangères. Je serais même tenté d'écrire que ce fut exactement l'inverse. Certaines maladresses de présentation, des rumeurs sans fondement bien vite exploitées par des relais d'opinion étrangers avaient accrédité le sentiment que la France s'engageait dans une politique de repli sur l'hexagone.

Ce sentiment d'inquiétude, Gaston Thorn me l'explique en termes courtois. Je n'en dirais pas autant du ministre de l'Économie de la République fédérale d'Allemagne, le comte Lambsdorff, dont les récriminations me furent exprimées sur un ton plus vif.

Le vocable guerrier de reconquête, hérité de la campagne électorale, avait donc réussi à provoquer d'emblée une mobilisation générale, sur le plan verbal tout au moins, de nos partenaires étrangers. L'affaire du vin italien contribuait en outre à alourdir l'atmosphère.

J'ai eu l'occasion à de nombreuses reprises, et en particulier lors de ma visite en mars à la Commission européenne à Bruxelles en compagnie d'André Chandernagor, de faire justice de ces accusations. Une visite qui avait été précédée par une invitation à participer aux Grandes conférences catholiques que préside Me Verbruggen. Je n'aime pas les dîners en ville et, même comme maire de Lille, je m'abstiens d'y participer. Je n'aime ni ces bavardages factices, ni ces jeux pervers qui consistent à mettre certains en relief pour mieux en abaisser d'autres. Si j'accepte les nécessités d'une certaine « mise en scène » lors des manifestations politiques, je supporte mal qu'elles se prolongent ensuite. Exceptionnellement, j'ai accepté, pour cette soirée à Bruxelles, de dîner chez Me Verbruggen, en compagnie notamment du prince Albert et de son épouse, et du Premier ministre Wilfried Martens. J'ai admiré les Delvaux qui ornent les murs du superbe appartement de ce riche avocat, sans parler des Soulages et autres œuvres contemporaines. Ils créent unc ambiance de luxe, certes, mais surtout de beauté, bien dans la tradition des patriciens des villes hanséatiques.

Mais je n'étais pas à Bruxelles uniquement pour des contacts de cette nature. Le lendemain, les commissaires européens voulaient entendre mes explications sur cette « reconquête du marché intérieur ». Certains reproches sont d'autant plus irrecevables, dans ce domaine, que, derrière le paravent doctrinaire du libre-échange, plusieurs procureurs en puissance sont passés maîtres dans l'art de faire prévaloir leurs intérêts nationaux par des méthodes discrètes. La portée de leurs leçons est donc bien faible. En préparant ma visite à la Commission de Bruxelles, j'ai même retrouvé des propos des Premiers ministres belge et britannique exprimant très exactement la même ambition que nous.

C'est ce que j'ai expliqué à Gaston Thorn puis à mes autres interlocuteurs, leur indiquant donc que la reconquête du marché intérieur est bien l'un des objectifs essentiels du septennat de François Mitterrand. Il s'agit d'une œuvre de longue haleine, qui doit mobiliser notre énergie et constituer l'un des axes prioritaires du plan quinquennal.

Pour réussir, nous devons entreprendre une action en profondeur sur le tissu industriel français. Cette nécessité découle d'un constat simple, le fait que l'accroissement récent du déficit extérieur français est dû, très largement, à une propension particulièrement poussée à importer.

Certes, ce mouvement doit être replacé dans une perspective plus longue. La France a vécu longtemps à l'abri d'une certaine protection agricole et industrielle. Depuis l'ouverture du Marché commun, depuis l'abaissement des droits de douane à la suite du Kennedy Round, son économie, comme celle des autres pays industrialisés, a connu au contraire une augmentation importante de son taux de pénétration. Celui-ci demeure toutefois inférieur au niveau atteint par la Grande-Bretagne ou la République fédérale d'Allemagne. Il est vrai aussi que cette interdépendance croissante a eu comme corollaire la progression remarquable de nos exportations. Nul ne songe à cet égard à nier les bénéfices considérables que l'économie française a tirés de son ouverture sur l'extérieur.

Deux facteurs défavorables doivent toutefois être pris en considération pour nuancer cette appréciation.

L'essor de nos exportations n'a pas empêché l'apparition d'un déficit structurel croissant vis-à-vis des grands pays industrialisés. En 1981, notre déficit commercial s'est élevé à 22,9 milliards avec les États-Unis et

9,3 milliards avec le Japon, pour un déficit commercial total de 51 milliards. Notre marché est donc davantage pénétré en produits de consommation et en produits industriels étrangers que nos industries ne pénètrent les marchés des pays de développement comparable. C'est notre avenir de grande puissance économique et industrielle qui, derrière ces chiffres, est dès lors en cause.

Le deuxième élément d'inquiétude est l'accélération récente du phénomène de pénétration. Les données, pour la période 1978-1980, font apparaître un accroissement extraordinairement rapide du taux de pénétration en France des produits étrangers, notamment pour les produits industriels. Ce taux avait crû, en moyenne, d'un point par an au cours des dix dernières années. La progression à la fin du septennat de Valéry Giscard d'Estaing, de 1979 au premier semestre 1981, a été presque deux fois plus rapide. Cette évolution est d'autant plus préoccupante qu'elle a été enregistrée durant la phase de récession consécutive au second choc pétrolier. Lors de la période comparable de 1974-1975, c'est-à-dire au moment du premier choc pétrolier, le ralentissement de notre activité avait réduit la progression du taux de pénétration des produits étrangers.

Cette dégradation menace la cohérence du tissu industriel français et pèse sur l'emploi. Elle interdit à l'économie française de tirer avantage de sa croissance, supérieure en moyenne d'un point à celle des autres pays industrialisés. Le véritable objectif de la reconquête est en réalité d'enrayer cette dégradation.

Peut-être le vocabulaire n'a-t-il pas été bien choisi. Mais il n'en demeure pas moins que le redressement de cette évolution est capital pour le succès de notre politique économique. Cette politique ne peut pas être protectionniste, je le répète, même si, contrairement au libéralisme du régime précédent, elle doit porter une attention plus grande aux conditions de concurrence qu'affronte l'industrie française. La tentation autarcique serait suicidaire.

La reconquête du marché intérieur suppose une politique industrielle offensive qui privilégie la rénovation de l'appareil productif, le renforcement de sa compétitivité et de sa capacité d'innovation technologique, l'amélioration de la qualité des produits français. Cette action en profondeur ne portera ses fruits que progressivement. C'est pourquoi il convenait de l'engager immédiatement, au même titre que les réformes de structures qui, elles aussi, ont besoin de temps pour se concrétiser.

Nous avons donc engagé une triple action. La première concerne le renforcement de l'offre nationale compétitive. De quoi s'agit-il ?

Au nom d'un libéralisme naïf, nos prédécesseurs ont laissé, passivement, s'affaiblir le tissu industriel français. Le jeu naturel de la concurrence devait éliminer les branches mortes. Ces fameux « canards boiteux » dont la chasse semblait être devenue le passe-temps favori de Raymond Barre et de ses ministres.

Cette conception mécaniste a eu pour seul résultat d'aggraver les problèmes structurels de l'industrie française. Certes, je ne nie pas la nécessité d'une certaine spécialisation, ni la contrainte de la compétitivité. Mais la compétitivité ne se résume pas à la modération des coûts de production. Elle implique, dans un pays comme la France, l'amélioration du dialogue social ; un effort considérable de recherche et d'innovation ; une meilleure complémentarité au sein des filières, en particulier avec les circuits de distribution ; des effets de série grâce à une meilleure maîtrise du marché intérieur.

Je l'ai souvent répété, depuis un an, aux industriels que je rencontre : « Il n'y a pas de branches ou de secteurs condamnés, il y a simplement du sous-investissement, des technologies à moderniser, des produits à améliorer, des équipes à dynamiser. »

La coopération entre l'État et le secteur productif, dans le cadre d'une planification efficace, est un élément déterminant pour résoudre ces problèmes. L'exemple du Japon et ceux d'autres pays qui vantent leur libéralisme devraient nous éclairer dans ce domaine. Nous ne transgressons aucune règle majeure du code commercial mondial. Nous commençons simplement à conduire un type d'actions que les grands pays industrialisés pratiquent depuis longtemps.

C'est dans cette optique qu'il convient d'apprécier les conséquences d'une pénétration trop rapide du marché intérieur telle qu'elle existe en France. Ces conséquences sont en général difficilement réversibles et leur coût économique et social doit être clairement mesuré : faillite d'entreprises, chômage, manquc à gagner pour les financcs publiques, perte de cohérence du tissu industriel.

Ce constat ne doit pas conduire à une politique aveugle et globale de défense des positions acquises. Il signifie – et ceci me semble être au cœur de la politique de reconquête du marché intérieur – qu'un arbitrage plus systématique doit être opéré entre ce coût pour la collectivité et le coût de la remise à niveau des firmes menacées ou en difficulté, c'est-à-dire le coût des aides permettant aux entreprises de se réformer et d'améliorer leur compétitivité. Le marché national peut, en outre, constituer un champ d'application privilégié des nouveaux produits, avant leur lancement sur les marchés étrangers. A condition qu'ils bénéficient, comme c'est le cas systématiquement dans d'autres pays, du concours de tous les agents économiques : grande distribution, consommateurs, administrations.

Pour mener une telle politique, encore faut-il des instruments adaptés. Or, je découvrais à ma grande surprise que les éléments techniques faisaient complètement défaut. J'y vois un témoignage de l'absence de volonté politique de nos prédécesseurs. Aucun diagnostic systématique n'avait été effectué sur l'évolution des importations et les facteurs de la pénétration étrangère dans les créneaux les plus sensibles. L'une de nos premières tâches fut donc de lancer ces études indispensables. Dès la fin de 1981, j'ai approuvé la décision de Michel Jobert, ministre d'État, ministre du Commerce extérieur, et de Jacques Delors, ministre de l'Économie et des Finances, de créer une sous-direction spécialisée au sein de la direction des Relations économiques extérieures. Elle est chargée de détecter rapidement les poussées anormales d'importation, de suivre l'utilisation des quotas et de proposer les mesures nécessaires en cas de pratiques déloyales de la part de certains partenaires étrangers.

Dans le cadre de ce renforcement de l'offre nationale compétitive, nous avons en outre engagé un nombre limité d'actions prioritaires. Les plans sectoriels, élaborés par le ministère de l'Industrie, constituent la première illustration et l'amorce de cette stratégie volontariste.

Ils visent tout d'abord à redonner confiance à des filières menacées, comme le cuir, l'ameublement, le jouet. Ces secteurs présentent des traits communs : ensemble de petites entreprises souffrant souvent d'une faiblesse de leurs fonds propres, mauvaise adéquation des produits à la demande interne, absence de créativité et de capacité d'innovation, rapports de forces inégaux avec le négoce.

Les actions entreprises traduisent, non pas une volonté de restriction artificielle des échanges comme cela nous a parfois été reproché, mais au contraire le souci de restaurer la compétitivité de ces secteurs par des mesures diversifiées. Il ne s'agit pas de se protéger, mais de se préparer au combat international. Comment ?

Pour la filière du cuir, en rendant le marché des cuirs et des peaux plus transparent, en améliorant la productivité par la robotisation et l'automatisation des chaînes de fabrication, en renforçant la qualité des produits par une meilleure concertation entre les producteurs et les distributeurs, en dynamisant, grâce aux ressources de la profession, la prospection commerciale.

L'industrie du jouet souffre, quant à elle, d'une créativité insuffisante et d'une mauvaise image de marque. Elle est frappée de plein fouet par l'introduction de l'électronique, alors qu'en France les relations entre fabricants de jouets et industriels des composants électroniques sont très faibles. La mise en place d'une société semi-publique pour le développement de l'industrie du jouet vise précisément à favoriser ces transferts de technologie, à promouvoir l'innovation par la création et le développement de produits nouveaux vendus ensuite aux industriels concernés. Le plan meuble répond, lui aussi, aux mêmes objectifs.

A côté de ces industries de biens de consommation soumises à une concurrence étrangère de plus en plus vive, le secteur stratégique de la machine-outil exigeait une action immédiate en raison de la dégradation inquiétante de nos échanges, en particulier avec le Japon. Un objectif ambitieux a été retenu pour 1985 : bâtir une industrie compétitive de machines-outils de haute technologie, à commande numérique, dans la perspective d'une forte croissance de la robotique. Le plan prévoit la signature de contrats de développement avec les entreprises afin d'assurer leur reconversion technologique et industrielle, et le lancement d'une politique active de formation des personnels aux nouvelles techniques.

L'adhésion de la Commission européenne aux objectifs de ce plan témoigne d'ailleurs que cette politique est tout à fait conforme à nos engagements internationaux, et en outre qu'elle peut servir de catalyseur à une analyse et surtout à une action communautaire. C'est là ce que souhaite le gouvernement.

La seconde grande action que nous avons engagée en matière de reconquête du marché intérieur consiste à créer un environnement favorable à la promotion des produits français.

Si l'État doit jouer un rôle d'orientation et d'impulsion, il appartient à l'ensemble des agents économiques français – producteurs, distributeurs, consommateurs, banquiers, collectivités publiques – de garantir le succès de la politique de reconquête du marché intérieur. Il ne s'agit pas, bien entendu, de favoriser à n'importe quelles conditions la diffusion des produits français. Mais il est indispensable que les acheteurs individuels ou professionnels prennent conscience du problème économique majeur que pose la situation de notre balance commerciale.

C'est donc un état d'esprit nouveau qu'il faut créer. Nous devons donner ses chances, rien que ses chances, mais toutes ses chances à l'industrie française, et en toutes circonstances.

Après des années de passivité, je suis convaincu que la manifestation de notre détermination et l'annonce des premières mesures ont amorcé cette prise de conscience.

Celle-ci est d'autant plus indispensable que les consommateurs français sont sans doute les plus sensibles aux achats de produits étrangers. En RFA, dans une économie qui s'affirme de tradition libérale, le consommateur est profondément attaché aux marques allemandes. Sans doute sont-elles excellentes. Mais cela n'explique pas tout. Le consommateur répugne à vérifier cette supériorité en achetant des produits étrangers. Et je ne parle pas du Japon, où l'achat de produits nationaux est un devoir civique.

Je garde d'ailleurs un souvenir très précis de la visite que m'a rendue le 19 juin 1981 Zenko Suzuki, Premier ministre japonais. A chaque fois que je lui parlais des exportations entre nos deux pays, il me répondait, avec un large sourire, en ne traitant que des échanges entre le Japon et la Communauté économique européenne. Il sait bien que si, demain, par hypothèse, nous lui fermions notre marché, il pourrait y pénétrer par le biais de nos partenaires européens. Il est vrai que cela, seul son sourire l'exprimait. Mais après cette démonstration d'un art consommé de l'esquive, l'ambassadeur du Japon fit déposer un cadeau à mon nom. Je me suis tout de suite demandé quel souvenir un si habile vendeur pouvait bien laisser. Il s'agissait d'un cadre contenant... la photo de Zenko Suzuki !

Ce n'est pas en lançant je ne sais quelle campagne « Achetez français » que le gouvernement compte réconcilier nos concitoyens et leur industrie. Mais toutes les initiatives visant à améliorer l'information des consommateurs sur les produits dont le rapport qualité-prix est comparable à celui de la concurrence ont bénéficié et bénéficieront de son appui. Les réseaux de distribution, les commerçants ont un rôle actif à jouer dans ce domaine. Trop souvent, les relations entre les producteurs et les distributeurs au sein d'une même filière sont exagérément conflictuelles. Le responsable, qui reçoit séparément les représentants de chaque profession, a l'impression d'être l'intermédiaire d'un dialogue de sourds. Sans prétendre bien sûr gommer les inévitables divergences d'intérêt, il serait souhaitable, du point de vue collectif, qu'une meilleure coopération puisse s'instaurer entre les deux parties.

La distribution est à cet égard la mieux placée pour informer les producteurs nationaux de l'évolution des besoins des consommateurs français, tant il est vrai que la principale faiblesse de nos industries est souvent de mal prendre en compte ces besoins. La signature de contrats d'approvisionnement garantissant aux entreprises un volume minimal de commandes, comportant un engagement à moyen terme et assurant la distribution contre les risques de rupture de livraison me paraît une formule qui devrait être encouragée.

De même, dans le domaine des biens d'équipement, je considère que toutes les entreprises françaises et les circuits financiers devraient promouvoir une règle simple : consulter français. Il faut, avant de commander à l'étranger, s'assurer qu'on ne trouve pas en France la même qualité et le même prix. Il convient également, me semble-t-il, de tenir compte, plus systématiquement, des risques de l'importation : délais, changes, difficultés de maintenance.

Toutes ces remarques impliquent, c'est évident, un changement profond des comportements. Je suis convaincu qu'il serait susceptible d'améliorer de façon importante notre marge d'autonomie. L'attachement à l'industrie nationale – ce qui est très différent du protectionnisme – ne doit pas demeurer l'apanage des Américains, des Allemands ou des Japonais.

La troisième et dernière action que je tiens à souligner, justement, montre bien la réalité de notre état d'esprit : nous souhaitons que soit défini, au niveau européen, un véritable espace industriel. Ce que je pourrais exprimer également en disant que nous concevons la reconquête de notre marché intérieur comme un élément d'une reconquête du marché communautaire. Car il faut bien voir que, de toutes les grandes zones économiques de la planète, la CEE est la moins protégée contre les pressions commerciales et les pratiques déloyales. Ce qui explique en grande partie sa fragilité devant les bourrasques de l'économie mondiale et sa vulnérabilité aux manipulations monétaires américaines.

Les défis qu'affrontent ainsi les pays européens sont communs. Il est essentiel, et c'est l'esprit du mémorandum que nous avons soumis à nos partenaires, de renforcer les initiatives communes dans le domaine de l'industrie et de la recherche, en développant notamment les opérations de prêts et d'emprunts communautaires.

Car, comme je l'ai souligné lorsque j'ai rendu visite à la Commission de Bruxelles, le gouvernement français fonde ses espoirs sur une Europe plus volontariste refusant la logique de la domination économique de ses partenaires industrialisés ; recherchant en commun à travers la mise en place d'un « espace social européen », des solutions appropriées à la montée du chômage, aux mutations industrielles et technologiques, aux aspirations des peuples de l'Europe ; déployant des politiques communes nouvelles en associant les compétences de chaque État membre.

Il convient, dans cet esprit, d'assurer une plus grande préférence communautaire aux produits et aux entreprises européennes. Nous ne pouvons accepter que le

Japon maintienne un dispositif protecteur – tarifaire ou non – de son marché, alors qu'il poursuit la destruction systématique de nos industries stratégiques. Nous ne pouvons rester passifs devant l'offensive des nouveaux pays industrialisés qui, disposant d'usines et de techniques analogues aux nôtres, pratiquent le dumping social. Enfin, comment ignorer que les États-Unis disposent d'un arsenal juridique impressionnant, utilisé dès que leurs intérêts nationaux sont en jeu. Les attaques récentes contre la sidérurgie européenne en témoignent.

C'est pourquoi, tout en réaffirmant son attachement à l'ouverture des marchés, la France souhaite que la Communauté mène à l'égard des pays tiers une politique aussi dynamique que celle de ses principaux concurrents. Voilà pourquoi le mémorandum français transmis à la Commission insiste sur le renforcement des instruments de la politique commerciale commune : surveillance communautaire des importations, mécanismes de lutte contre la concurrence déloyale et le dumping social.

Toute la démarche française, telle que je l'expose en ce jour d'automne à Gaston Thorn, ou telle qu'elle est résumée dans le mémorandum remis à nos partenaires, découle du fait qu'il nous apparaît que la Communauté n'a pas à sa disposition les moyens de dominer la crise économique dans laquelle s'enlise une partie du monde.

Il nous apparaît également que les situations, dites inacceptables, doivent être traitées à partir de la réforme de la politique agricole commune et d'une relance des politiques communes nouvelles : énergie, industrie, recherche...

Il nous semble enfin que, sur le plan institutionnel,

il convient de recourir à une plus large application des dispositions du traité de Rome en matière de vote, et de réfléchir à l'établissement de relations plus étroites entre le Conseil des Communautés et le Parlement européen.

11 NOVEMBRE 1981 :

La défense

La clairière de Rethondes : c'est donc ici que s'est achevée la Grande Guerre. Quatre années pour obtenir cette victoire, mais à quel prix. Un million quatre cent mille tués.

« Jamais plus » disaient, en redescendant du front, ceux qui allaient devenir les anciens combattants. « Jamais plus » et pourtant il y eut 1940, et, en cette fin de XXe siècle, le monde retentit toujours du bruit des armes. « Jamais plus » et, quelques heures après la cérémonie commémorative dans la clairière historique de Rethondes, je me trouve à bord d'un sous-marin nucléaire lance-engins (SNLE) de la Force océanique stratégique.

De toutes mes forces, je suis un pacifique. J'ai toujours cru et je crois en un idéal de paix. Et même si la paix est une utopie, elle doit être poursuivie. Sur l'un des murs de ma maison de Lille figure un portrait de Jean Jaurès. C'est dire que les nécessités de la défense, les relations entre les armées et la nation ne me sont pas étrangères. Je les ai d'abord découvertes à travers l'œuvre de Jaurès. Puis j'ai suivi avec la plus grande attention le débat sur la défense, notamment, dans le passé, les travaux de la commission spécialisée du parti socialiste. Elle était animée par Charles Hernu surtout, mais aussi par

Jean-Pierre Chevènement. Chose remarquable, tous les problèmes de courants internes au PS s'évanouissaient au sein de cette commission.

C'est dans cet état d'esprit qu'à l'Île longue j'embarque à bord du *Tonnant*. J'étais déjà venu sur les lieux en tant que député. Ma visite s'était toutefois achevée, à l'époque, sur un regret : ne pas pouvoir embarquer à bord d'un de ces bâtiments. J'avais donc songé, il y a longtemps, à cette expérience. Plus encore que les exercices de plongée effectués au large, j'avais imaginé cette silencieuse sortie du port dans la nuit. Mais ce que je ne réalisais pas, c'était l'extraordinaire rassemblement de technologies plus sophistiquées les unes que les autres dans si peu d'espace.

Avant de partir en mission, nos sous-marins nucléaires testent, au large et pendant quelques heures, tous leurs mécanismes, de manière à déceler la moindre avarie. C'est à l'une de ces répétitions générales que j'ai souhaité participer. Car je tiens à me rendre compte, physiquement, de la réalité et des possibilités de notre force de dissuasion.

En respirant l'air étonnamment pur de ce sous-marin nucléaire, je mesure le contraste entre cette concentration exceptionnelle du génie inventif et technique de l'homme et la non moins exceptionnelle capacité d'anéantissement et de mort enfermée dans cette coque d'acier. Face à la force brutale des armes, il faut pouvoir opposer une force de même nature. Aucun chef de gouvernement ne peut ignorer les problèmes de défense. Ne pas rechercher l'efficacité dans ce domaine conduit aux pires désastres. Aucune liberté, aucun changement économique et social ne peuvent se développer si le pays n'est pas à l'abri de la première et de la plus dangereuse des oppressions, celle de l'envahisseur.

La dissuasion nucléaire

A la base de toutes les discussions et de toutes les réflexions se situe le fait marquant de la deuxième moitié du XXe siècle : l'atome militaire. Hiroshima et Nagasaki annoncent l'avènement d'une nouvelle ère dans l'histoire des guerres. La guerre à la guerre prend un sens nouveau et réel avec la menace de l'usage des armements nucléaires. C'est là un paradoxe, mais c'est sur lui que peut s'élaborer une démarche à la fois politique et diplomatique. Le concept de dissuasion est né de la possibilité de donner un contenu concret à cette formule répétée par tous les pacifistes : « guerre à la guerre ».

Une formule que j'ai souvent discutée, lorsque j'étais jeune homme, avec mon ami Hans Appel, devenu aujourd'hui ministre de la Défense d'Allemagne fédérale. Pour notre génération qui est sortie de la guerre en même temps que de l'enfance et qui n'a pas connu la vie militaire, le thème de la paix est essentiel. Lors des rencontres entre jeunes Allemands et jeunes Français, dans les années 50, la paix et les moyens de la consolider étaient toujours au centre de nos discussions.

Il convient cependant de demeurer vigilant car Hiroshima et Nagasaki ont bel et bien été détruits. L'arme nucléaire peut être utilisée, elle l'a déjà été. Il ne s'agit pas simplement de vouloir dissuader l'agresseur, il faut encore pouvoir le faire. L'effort de défense doit donc être maintenu, afin que l'arme nucléaire ne soit jamais plus employée.

La France a adopté le concept de dissuasion. Il s'agit de décourager préventivement un adversaire de se livrer à une agression contre nos intérêts vitaux, et en premier lieu contre notre territoire national. Une attaque visant la souveraineté de la France est la première des menaces contre laquelle le pays doit se prémunir. L'indépendance nationale, c'est-à-dire notamment la faculté d'effectuer librement des choix politiques, doit être préservée. L'agresseur potentiel doit être certain que le risque qu'il prend, du fait d'une riposte inéluctable, est supérieur à l'enjeu.

Cette possibilité de riposte est offerte, pour une puissance moyenne comme la France, par l'arme nucléaire. Les gigantesques capacités de destruction de l'atome militaire ont permis de parler de son rôle égalisateur. La puissance globale du pays n'a plus qu'une importance relative dès lors que sa capacité de frappe atteint un seuil suffisant pour dissuader tout agresseur potentiel. C'est sur ce concept qu'est bâtie notre politique de défense.

La bipolarisation du monde

L'autre fait marquant de cette seconde partie du XXe siècle, et qui influe directement sur notre défense, est la bipolarisation du monde. La situation politique issue de la Seconde Guerre mondiale, qu'il est convenu de faire remonter aux accords de Yalta, a créé deux camps antagonistes. Cette situation territoriale a été entérinée par les accords d'Helsinki. Elle a été confortée par les armements nucléaires entassés par les deux super-puissances que sont les États-Unis d'Amérique et l'URSS.

La stratégie militaire soviétique se conforme aux règles de la coexistence pacifique dont le principe affirme que la guerre, si elle n'est plus inévitable, n'en demeure pas moins possible. Tout en se défendant d'être agressive et en posant en principe la prévention d'une guerre mondiale, le but de la stratégie soviétique, en cas de conflit, est de remporter une victoire totale. Elle est fondée, en conséquence, sur l'anéantissement des forces armées adverses par l'application de frappes nucléaires stratégiques, doublée simultanément de l'invasion de l'Europe occidentale. A cet effet, avec une opiniâtre continuité, les Soviétiques ont développé un gigantesque effort militaire. Au début des années 80, l'URSS et la coalition qu'elle dirige, le pacte de Varsovie, ont atteint un degré de puissance tel qu'il provoque un déséquilibre des rapports de forces.

A l'inverse de la stratégie soviétique, les Américains ont basé leur politique militaire sur la dissuasion, c'est-à-dire sur la menace de l'emploi des armements nucléaires. Mais leur stratégie a subi, depuis 1945, de nombreuses fluctuations, toutes opérées afin de s'adapter à la menace adverse. Au début de la décennie actuelle, les États-Unis, et avec eux l'OTAN, ont adopté la doctrine de la « flexible réponse » ou « riposte adaptée ». Il s'agit de mettre en œuvre toute une gamme d'actions correspondant au degré de violence dans l'agression. L'objectif est de restaurer la dissuasion à un palier choisi en décourageant l'adversaire de franchir un échelon de plus dans l'escalade de la violence par la menace d'une riposte supérieure. Faute d'avoir une supériorité indéniable à tous les paliers, les Américains ont été conduits à établir un principe d'« équivalence essentielle » afin de rendre crédible leur menace à certains degrés de l'escalade.

Une telle situation est inacceptable pour la France qui, ainsi que l'Europe, pourrait n'être, dans cette conception, qu'un champ de bataille et non la finalité suprême de la défense.

Il est évident que la stratégie de la « riposte adaptée » américaine a été élaborée pour défendre les États-Unis en premier lieu, l'Europe ensuite seulement. Or, ce qui nous importe, à nous Français, c'est d'être défendus à coup sûr et non accessoirement. Voilà pourquoi la recherche d'une politique d'indépendance nationale a été l'un des choix fondamentaux de la France depuis la fin de la guerre. Voilà pourquoi il me semble que les Européens font preuve, en la matière, d'une irrésolution coupable. En effet, il ne suffit pas de s'abriter derrière les États-Unis puisque, dans leur stratégie, il peut se trouver que l'Europe ne soit qu'un barreau de l'échelle de la violence. Une telle éventualité devrait faire réfléchir les Européens sur la perspective d'un ensemble politique disposant d'une défense autonome.

L'Union de l'Europe occidentale, à laquelle a adhéré l'Allemagne fédérale, est historiquement la première organisation de sécurité collective qui ait été créée au lendemain de la Seconde Guerre mondiale. Ce traité, ne l'oublions pas, institue l'automaticité de l'engagement militaire de tous les pays membres en cas d'attaque contre l'un d'entre eux. Par ailleurs, il concerne strictement les États européens. J'estime que cette institution devrait être revivifiée, parce qu'une meilleure organisation d'un espace militaire européen commun pourrait être obtenue à travers elle. A défaut, il conviendrait d'engager une réflexion, dans un cadre strictement européen, sur nos problèmes communs de défense.

S'il s'agit d'assumer pleinement les responsabilités issues de ces traités, il me paraît en effet évident que la solidarité européenne est nécessaire. La défense d'un pays ne peut se cantonner aux seules frontières. Il serait absurde de se désintéresser du sort des voisins immédiats. Ce qui signifie que l'agression contre la France ne commence pas lorsqu'un ennemi pénètre sur le territoire national. Je ne ménagerai aucun effort pour que cette réflexion progresse et que soit mieux prise en compte la solidarité qui nous lie. Je vois là un moyen privilégié de sortir du bipolarisme qui écrase le monde depuis près de quarante ans.

Mais il est vrai qu'à l'ère nucléaire une politique de défense autonome signifie une stratégie basée sur des armements nucléaires. C'est parce que les techniciens français étaient parvenus à une maîtrise opérationnelle de ces armes que le général de Gaulle a pu mettre en œuvre une politique de dissuasion. Je ne veux surtout pas récrire l'histoire, et j'ignore ce qu'aurait décidé un autre chef d'État au début des années 60. Mais j'ai parfaitement conscience que le retrait de la France de l'OTAN n'a été possible, en 1966, que parce que notre pays avait en main l'outil militaire de son indépendance, fruit de vingt ans de travaux.

Les armements nucléaires tactiques

Si, pour prendre la mesure de notre capacité de riposte, j'ai choisi une plongée en sous-marin, c'est que la Force océanique stratégique est, actuellement, la plus importante composante de la dissuasion nucléaire. Dans l'état actuel et prévisible des technologies, le sous-marin nucléaire est indétectable, ce qui lui assure l'invulnérabilité et, partant, la possibilité absolue de pouvoir lancer un missile nucléaire au moment voulu. C'est la principale raison qui a milité en faveur de la construction d'un septième sous-marin, dont les performances seront encore accrues. Il doit entrer en service vers 1995 et remplacera le *Redoutable*, notre premier sous-marin nucléaire. Le but poursuivi est d'avoir en permanence à la mer trois SNLE équipés de systèmes d'armes qui permettent, quelle que soit la parade trouvée par l'adversaire, de maintenir une capacité de riposte suffisamment dissuasive. En outre, tous nos sous-marins nucléaires seront progressivement équipés des nouveaux missiles M4 multitêtes, ce qui augmentera considérablement les capacités et la fiabilité de la Force océanique stratégique.

Toutefois, afin d'assurer la crédibilité de notre dissuasion nucléaire, d'autres composantes sont nécessaires. C'est la raison d'être des systèmes sol-sol. Bien qu'installés au plateau d'Albion, dans des silos fortement protégés, il est évident que ces missiles sont plus vulnérables que ceux qui sont placés à bord des sous-marins. D'autant que les systèmes de frappe soviétiques et américains ne cessent d'être perfectionnés. Le maintien d'une composante sol-sol étant néanmoins indispensable, une nouvelle génération d'armes a été mise à l'étude. Son invulnérabilité sera recherchée par la mobilité.

La troisième composante de notre dissuasion, et la première dans l'ordre historique, reste la Force aérienne stratégique. Elle permet une remarquable souplesse dans son maniement. En effet, un avion peut être dérouté à la demande, voire même rappelé. Cependant, la faiblesse de ce type de vecteur réside dans sa faible capacité à pénétrer l'espace aérien au travers des défenses adverses. Or, la France, puissance moyenne, ne pourra s'offrir une panoplie nucléaire complète. Dans l'intérêt même de notre défense, il nous faut donc concentrer nos efforts. Les choix sont inéluctables.

Je suis, en ce qui me concerne, partisan d'abandonner à terme la composante aérienne, dont l'efficacité deviendra de plus en plus sujette à caution.

Si la crédibilité technique de notre dissuasion repose sur une capacité matérielle qui doit rester indiscutable, sa crédibilité psychologique se base sur la volonté du président de la République. Il est en effet le seul à pouvoir mettre en œuvre les forces nucléaires stratégiques en cas de besoin. Chacun sait bien que le président de la République est un homme déterminé. Je conserve un souvenir grave d'une brève mais dense réunion à laquelle le chef de l'État avait tenu à m'associer. Il s'agissait, depuis le poste de commandement souterrain du palais de l'Élysée où sont réunies les conditions de fonctionnement d'un gouvernement restreint, de tester le système « Jupiter » qui relie la présidence de la République à Matignon, au ministère de la Défense et au poste de commandement opérationnel de Taverny. A l'issue de cette vérification, le chef d'état-major des Armées a sollicité les instructions du président de la République. Il appartient en effet au président de la République d'arrêter les cibles qui seront frappées éventuellement par nos missiles. François Mitterrand a pris sa décision. Moment intense pour nous tous car, en cette période de paix, nous imaginions le feu nucléaire frappant les villes de l'adversaire. Si l'ordre de tir devait être donné aux commandants des sous-marins, nul, à leur bord, ne saurait vers quelle destination fileraient les missiles.

Notre stratégie de dissuasion, parce qu'elle est celle du faible face au fort, ne peut être qu'une stratégie anticités. Nous ne pouvons nous offrir le luxe qui consiste à ne viser que des objectifs militaires. Je ne prévois pas de changement en ce domaine. Nous ne pourrons que nous adapter à l'évolution des menaces et des technologies.

La dissuasion nucléaire stratégique ne suffit cependant pas à assurer l'ensemble de notre défense. Elle peut être tournée ou se révéler insuffisante. Pour surmonter ce risque majeur, il nous faut posséder des forces aéro-terrestres, valorisées par un armement nucléaire tactique.

Pour paraphraser Michelet qui disait de l'Angleterre qu'elle était une île et que c'était là toute son histoire, la France n'est, quant à elle, que l'extrémité d'un continent. Notre frontière terrestre est béante et les plus menaçantes des invasions sont toujours venues de l'intérieur du continent. Aujourd'hui, l'existence des armements nucléaires tactiques voue, en outre, à l'échec tout débarquement maritime massif. Notre force aéroterrestre doit donc être suffisante pour obliger l'adversaire à une attaque d'envergure, excluant la simple démonstration de puissance. L'armement nucléaire tactique, dont nos forces sont dotées, oblige l'ennemi à la dispersion, ce qui réduit d'autant le poids de sa supériorité numérique. Il ne s'agit pas de livrer bataille, il s'agit de prouver à l'agresseur notre résolution et de situer immédiatement la confrontation au niveau nucléaire afin de restaurer la dissuasion stratégique.

Nos forces aéroterrestres ont aussi une autre raison d'être. Elles marquent d'une façon claire notre engagement aux côtés de nos alliés. Cette mission est affirmée par une présence militaire française importante sur le sol de la République fédérale allemande.

En prenant connaissance, plus en profondeur, des dossiers militaires et de l'état de notre défense, j'ai constaté que cette composante aéroterrestre avait accumulé les retards, essentiellement au niveau de l'armée de terre. Un effort considérable s'impose donc. Ce problème s'ajoute à celui posé par le service national. L'armée de terre, plus que les deux autres armées, est basée sur la conscription et il ne saurait être question d'abandonner un système démocratique auquel la France est profondément attachée. Il n'en demeure pas moins qu'un changement s'avère, là aussi, indispensable. Il doit porter fondamentalement sur le contenu du service militaire. Il faut rendre à celui-ci une plus grande efficacité. En intégrant ces données, une réflexion sur l'ensemble du service, y compris sur sa durée, doit s'approfondir. Nous n'avons pas abandonné l'objectif du service de six mois.

Car, en dépit de tous les progrès techniques, une évidence demeure, c'est qu'un matériel n'a de valeur que par la manière dont il est utilisé. Les armées, ce sont d'abord les hommes. C'est particulièrement vrai pour l'armée de terre, qui nécessairement est la plus nombreuse et qui fait le plus appel à la conscription. J'ai eu l'occasion, en mai 1981, à Mourmelon, de passer une journée parmi les soldats français. Ceux-ci demeurent des citoyens. Citoyens sous les armes, ils défendent des valeurs humaines mais aussi le sol natal, une patrie à laquelle ils sont profondément attachés.

L'équipement de notre corps aéroterrestre doit également être amélioré. Sa capacité aérienne peut être augmentée par l'affectation à des missions tactiques des avions de la Force stratégique. Quant aux matériels de l'armée de terre, la mise en service de nouvelles générations doit rapidement dépasser le stade des études et de la recherche-développement. Les insuffisances en matière de défense antiaérienne sont criantes. Les retards de toutes sortes enregistrés dans les fabrications nuisent gravement à la valeur opérationnelle de plusieurs grandes unités.

Reste aussi à trancher le cas des armes neutroniques. Il s'agit d'armes nucléaires tactiques au même titre que les autres. Elles relèvent donc de la même menace d'utilisation sur un champ de bataille que celle qui pourrait s'étendre à l'Europe occidentale. Leur propriété essentielle est de ménager l'environnement, donc les populations amies. Telles sont les données de ce dossier actuellement à l'étude.

A bord du *Tonnant*, j'ai eu l'occasion d'aborder d'autres problèmes que ceux de nos armes nucléaires.

Et d'abord, bien évidemment, les préoccupations de l'arme qui m'accueille : la marine.

En dehors de la Force océanique stratégique, la marine a une double vocation. En premier lieu, elle doit contribuer à la défense du territoire national en soutenant l'action de notre corps de bataille aéroterrestre et en maintenant nos lignes de communications maritimes avec nos alliés. En second lieu, au-delà même du théâtre européen, il lui revient d'assurer la sûreté de nos approvisionnements. Nous dépendons de l'outre-mer pour une bonne part de nos matières premières, sans compter le problème de l'énergie. Il est impossible de laisser à la seule discrétion de notre allié américain la défense de la liberté des mers. La France a d'ailleurs des engagements internationaux à tenir, notamment à l'égard des pays d'Afrique francophone. Nous devons aussi penser à la sauvegarde de nos ressortissants à l'étranger. A cet effet, la marine, avec des éléments aéroterrestres spécialisés, constitue une force d'assistance rapide.

Cette même action outre-mer exige de nos forces d'assistance rapide des matériels adaptés à l'augmentation du potentiel militaire de toutes les nations, y compris de celles du tiers monde. Il ne peut être question de matériels spécialisés, car s'impose à nous l'éternelle loi de la concentration des efforts. La seule solution réside dans une réelle polyvalence des forces.

Les industries d'armements

Un effort aussi considérable que celui de l'équipement de nos armées exige la continuité. C'est dire que je suis un partisan résolu d'une planification militaire qui prenne en compte, globalement, l'ensemble des forces armées. Le Plan intérimaire de deux ans va permettre d'établir une base solide. Il sera suivi d'un Plan à cinq ans qui s'achèvera en 1988 et qui s'intégrera dans la planification de la nation.

Dans cet ordre d'idée, il ne faut pas que la gauche sous-estime le problème des industries d'armement. Le coût des équipements et de la recherche en matière militaire est tel que nous sommes contraints d'allonger les séries de fabrication au-delà des besoins propres de l'armée française. Si nous nous cantonnions aux seules nécessités de nos forces, les dépenses deviendraient impossibles à soutenir. Certes, il n'est pas question de réduire la France, comme trop souvent ces dernières années, au rôle cynique de marchand de canons ; il est des causes et des régimes que nous refuserons toujours d'armer. Mais les exportations peuvent permettre à notre pays d'acquérir à moindre coût les matériels nécessaires. Car la France ne peut poser en principe d'acheter ses armements. Par cette voie détournée, elle aliénerait son indépendance. Notre pays est donc condamné à des fabrications nationales, éventuellement en coopération avec nos alliés. Je suis d'ailleurs très favorable à cette dernière solution, car j'y vois deux avantages. Premièrement, de tels accords permettent de réduire les dépenses et d'organiser des échanges de technologie. Deuxièmement, ils facilitent le renforcement des liens politiques et permettent de donner un sens concret à notre solidarité.

Si les ventes permettent d'allonger les séries de fabrication et donc de réduire les coûts unitaires, il ne faut pas oublier qu'elles peuvent constituer une carte politique importante. Elles peuvent, en effet, nous permettre d'offrir des marges d'indépendance à des pays qui ne voudraient pas s'en remettre, pour leur armement, à l'un ou à l'autre des super-grands. Tous les pays en effet ont droit à leur sécurité. N'est-ce pas une forme de néo-colonialisme que de prétendre en juger à leur place ?

Si, enfermé dans l'espace réduit de ce sous-marin, au contact physique des missiles qui garantissent notre indépendance, je me concentre sur les problèmes militaires, je sais bien, malgré tout, que la défense d'un pays ne se réduit pas à ce seul aspect. Ne serait-ce d'ailleurs que parce que le niveau des forces armées dépend de l'état économique et sociopolitique du pays. La défense d'une nation n'est possible que si une volonté de se défendre, un esprit de défense existent chez les citoyens. Or, n'est défendu que ce qui le vaut. L'attachement à la patrie doit être conforté par le sentiment d'appartenir à une communauté nationale d'où sont bannies des inégalités sociales insupportables.

Un pays divisé est un pays faible. Pour que les Français prennent activement en charge leur sécurité, il faut qu'ils se sentent épaulés, protégés par leur appartenance à la nation. Prenons l'exemple du chômage. Qui ne voit l'effet pernicieux qu'il exerce sur nos structures sociales ? D'un côté, on assiste à la marginalisation progressive d'une fraction de la jeunesse qui, se sentant exclue de la communauté nationale, tend à se rebeller contre elle et à verser dans la délinquance. D'un autre côté, on voit s'élargir la masse des assistés qui, passivement, se résignent à un statut de citoyens de seconde zone.

Que peut dès lors signifier, pour les uns comme pour les autres, l'esprit de défense ? Car avant de pouvoir demander à des citoyens d'assumer leurs responsabilités à l'égard de la société, il convient que celle-ci garantisse leurs droits, et en l'occurrence leur droit au travail. Toute politique qui renforce notre capacité de production, qui fait reculer le chômage, qui accroît la solidarité nationale est bénéfique à notre défense. Je ne crois pas à l'unanimisme mais je crois à l'unité de la France. Elle est indispensable pour qu'existe un esprit de défense. Le gouvernement fait tout pour consolider cette unité et il souhaite que, sur ce terrain, l'opposition rivalise avec lui.

11 MARS 1982 :

Les règles de la démocratie

Devant moi la foule ondule de rire. Gaston Defferre, ravi, multiplie les bons mots. Il se penche vers nous, qui siégeons à la tribune, et demande : « Comment s'appelle-t-il déjà, ce député RPR ?... Ah oui, Hyacinthe... Hyacinthe ! Et cet avocat qui n'a pas très bonne réputation ? » Son public, hilare, en redemande.

Nous sommes à Marseille pour une des dernières réunions publiques avant le premier tour des élections cantonales. Derrière nous, un orchestre de rock a déjà installé son matériel et attend que nous ayons libéré la salle. Mais Gaston Defferre qui, depuis plus d'un mois, a subi en silence une campagne implacable de l'opposition, a décidé de répondre, point par point. Il raconte, il explique, il décrit. Les traits fusent. Une formule peut-être un peu maladroite et le voilà poursuivi en correctionnelle par Jacques Chirac, et condamné.

Je pense au congrès de Valence du parti socialiste, en octobre 1981. A cette campagne qui, déjà, s'était déchaînée, tendant à présenter les hommes de la force tranquille comme intolérants et sectaires. Là encore à partir de quelques phrases, de quelques formules imagées, prononcées « en situation », dans la chaleur d'un congrès.

Dans le même temps un hebdomadaire, *Le Journal du dimanche*, pouvait, sans que personne ne le relève, publier l'interview anonyme d'un mystérieux légionnaire en cavale qui appelait à abattre, purement et simplement, les responsables de l'exécutif. Le propos est clair. Jusqu'où iront-ils ? Si j'évoque cet article, c'est parce qu'il était le plus caractéristique, mais il y en eut d'autres. Je souhaite simplement que les responsables de la presse française conservent le sens de la mesure.

L'opposition, qui s'est comportée au lendemain du 10 mai comme un boxeur sonné, a retrouvé ses esprits. Elle rêve de revanche, ce qui est normal. Mais parfois, hélas ! dans une certaine droite, la haine suinte. De vieilles pulsions, charriées par l'extrême droite et qui ont marqué notre histoire durant l'entre-deux-guerre, ressurgissent. Ce ne sont pas les idées qui sont combattues, ce sont les hommes qui sont visés. Dans cette escalade, certains titres et certains auteurs s'illustrent. Jean Cau, par exemple, n'hésite pas à définir le socialisme en ces termes :

« C'est une chauve-souris au ventre bombé qui grouillasse de vers et qui, à chaque couinement, éjacule des fientes puantes sur le jardin des Tuileries et les tombeaux des rois. C'est une nuit grasse qui se dépose sous les ongles et souille les draps lorsqu'on les griffe, la nuit, au cours de cauchemars qui voient voler, dans la chambre, une outre rosâtre et belge, ce Mauroy aux mains blêmes et fines jusqu'à l'équivoque. »

On ne peut, dès lors, s'étonner de voir les tentatives de déstabilisation se succéder, les rumeurs, savamment distillées, empoisonner la vie publique. C'est, un jour, la santé du président de la République. C'est, le lendemain, un banal vol d'armes dans une caserne, transformé en complot international afin de mieux effrayer les Français. Ce sont des propos contradictoires entre ministres transformés en crise de gouvernement. Ce sont, de semaine en semaine, des faits divers maquillés en opérations politiques. Tout ceci atteignant bien sûr un paroxysme dans les semaines qui ont précédé les élections cantonales de 1982. Car qui voit encore un scandale dans le fait que le ministre de la Solidarité ait voulu déplacer le directeur de la Caisse d'assurance maladie de Marseille ? Le vrai scandale, c'est d'avoir trouvé matière à scandale dans cette décision. Il en va de même pour la fermeture des cercles de jeux à Paris. Cette décision est tout à l'honneur du gouvernement et du ministre d'État, ministre de l'Intérieur.

La tolérance

Le caractère artificiel de toutes ces affaires ne résiste pas au temps. Elles gonflent, elles montent et crèvent comme de banales bulles de savon.

Chaque fois pourtant, certains hommes politiques de l'opposition se prêtent à ces manipulations, les utilisent, quand ils ne les inspirent pas. Je pense, par exemple, à ces tracts diffusés dans les foyers de personnes âgées, à ces articles complaisants, accusant le conseiller spécial du président de la République, Jacques Attali, de vouloir faire tuer les vieillards. Une méthode infâme !

Les hommes qui s'engagent dans cette voie font effectivement preuve de ce sectarisme et de cette intolérance qui menacent toujours de saper les démocraties. Car le mensonge et la manipulation érigés en système ne peuvent que pervertir le débat public. Il est de notre responsabilité collective d'éviter une telle dérive. Collective, le mot signifie qu'il s'agit aussi bien de la responsabilité du gouvernement et de la majorité que de celle de l'opposition.

Dès lors, chacun doit prendre garde aux mots dont il use. C'est vrai des membres du gouvernement. C'est vrai des orateurs dans les congrès des partis de gauche.

Ce doit être vrai aussi pour le président du groupe RPR de l'Assemblée nationale, Claude Labbé, qui, parlant du gouvernement légitime de son pays, affirme qu'il s'agit d'une « tentative de révolution contraire à notre constitution ». Ce doit être vrai pour ce député RPR des Hauts-de-Seine, Georges Tranchant, qui ose écrire : « Nous avons affaire à un pouvoir totalitaire d'autant plus dangereux qu'obtenu par un moyen démocratique. » Et j'aurais pu remplir la moitié de cet ouvrage rien qu'en citations de cette nature.

Si je mets en garde contre ces excès, c'est parce que nous avons vu, à plusieurs reprises dans notre histoire contemporaine, à quelles extrémités pouvait conduire, pour reprendre un titre des *Nouvelles littéraires*, l'hystérie en politique.

Je peux comprendre que la droite, vaincue, soit portée à maudire ses juges. Mais elle ne peut en rester là. La fonction de l'homme politique n'est pas seulement de gérer, c'est aussi de faire progresser la réflexion et l'analyse sur la société française. Je m'étonne d'entendre des commentateurs comme Raymond Aron expliquer que seule la gauche aurait besoin d'un programme. Autant avouer alors que la droite n'a rien à dire, que sa seule perspective est l'immobilisme ou bien, comme le disait Valéry Giscard d'Estaing, la gestion de l'imprévisible.

Mais n'est-ce pas parce que la politique française s'abandonnait ainsi à l'imprévisible que, sept années durant, elle a été ballottée par la crise économique, victime de la division internationale du travail imposée par les sociétés multinationales avec la complicité du libéralisme américain, bernée par les Soviétiques de Varsovie à Venise ?

Gouverner, c'est prévoir, disait Edgar Faure. Gouverner, c'est choisir, précisait Pierre Mendès France.

Bien que la droite ne propose rien, elle dispose de cases d'action réelles. D'abord en tentant d'exploiter tous les mécontentements catégoriels, tous les corporatismes si nombreux et si actifs dans la société française. Mais, après tout, n'est-ce pas le fait de toutes les oppositions ? Ensuite en jouant du clientélisme. Depuis deux décennies, la droite a peuplé l'appareil d'État d'hommes qui lui étaient dévoués, et qui lui doivent leur carrière. D'hommes qui parfois ont su se taire et agir pour sortir le pouvoir politique d'une ornière douteuse.

Une philosophie pour les nominations

Il faudra du temps pour modifier cette situation, et c'est avec ces hommes qu'il nous faut donc aujourd'hui gouverner. Telle est la loi de la république, la règle de la démocratie. Quand j'entends parler de « chasse aux sorcières », je ne peux m'empêcher de sourire. De sourire en pensant aux récriminations de tous mes amis qui s'étonnent de voir tel de leurs interlocuteurs, tel fonctionnaire, tel responsable occuper toujours le même poste. De sourire aussi en me remémorant ces purges qui, par centaines, ont jeté hier sur le pavé les animateurs des chaînes de radio et de télévision qui ne plaisaient plus au pouvoir. C'était en 1968. C'était en 1974 lors de l'arrivée au pouvoir de Valéry Giscard d'Estaing. Bien rares étaient alors les voix qui protestaient et certains indignés d'aujourd'hui étaient non seulement silencieux mais complices.

En charge des responsabilités gouvernementales, nous n'avons pas voulu recourir à ce système des dépouilles pratiqué sans vergogne par nos prédécesseurs. Notre philosophie en matière de nominations est très simple.

Il existe, en premier lieu, des fonctions d'autorité déléguées par le gouvernement, qu'il s'agisse des préfets ou des recteurs par exemple. Je considère qu'il est plus sage, lors de changements politiques de grande ampleur, de ne pas mettre les titulaires de ces fonctions en situation d'exercer leur autorité sur les mêmes lieux, sur les mêmes administrés. Non pas qu'ils aient démérité. Ils étaient là pour appliquer une politique. C'est ce qu'ils ont fait car c'était leur devoir.

Ils doivent, à présent, mettre en œuvre une autre politique. Il m'apparaît donc, dans leur propre intérêt, qu'ils ne peuvent, dans les mêmes lieux et places, préconiser des mesures différentes et parfois même inverses de celles qu'ils appliquaient.

Si je prends l'exemple du corps préfectoral, c'est dans cet esprit que nous avons procédé à une rotation et non à une épuration. Bien sûr, il peut toujours se produire que tel ou tel soit écarté parce que nous estimons que la manière dont il remplissait ses fonctions relevait davantage du parti pris que du service de l'État. Nous avons toujours agi, à ce niveau, avec mesure et en conscience. Porteurs d'une immense espérance, nous ne pouvions commettre aucune injustice personnelle.

L'audiovisuel

Qui contestera, toutefois, que des fonctions de direction et d'animation de l'audiovisuel, telles qu'elles étaient jusqu'ici assurées, engageaient plus que toutes autres ? Et qui contestera que, depuis des années, depuis des décennies même, la radio et la télévision ont été considérées comme des instruments du pouvoir ? Dès lors, ceux qui ont exercé de hautes fonctions dans ce domaine se sont trouvés identifiés au pouvoir que les Français ont désavoué les 10 mai et 21 juin 1981.

Le caractère particulier de ces fonctions est d'ailleurs tel que les règles qui régissent les nominations, le statut, les rémunération échappent aux normes habituelles de la fonction publique. Nous respectons le statut des fonctionnaires justement parce qu'il leur fait obligation de servir, à travers l'État, la politique des gouvernements successifs. Les responsables de l'audiovisuel ne souhaitent évidemment pas que cette obligation leur soit faite. Nous non plus. C'est pourquoi leur cas ne se pose pas dans les mêmes termes que celui des fonctionnaires. C'est bien pour rompre cet ensemble de contradictions que nous avons élaboré une nouvelle loi pour l'audiovisuel. Nous voulons mettre un terme à cette conception et à ces pratiques. Il n'est certes pas normal qu'un gouvernement monopolise la télévision. Nous ne le faisons pas. Mais il me semble normal qu'il puisse expliquer son action.

Mais en attendant que la loi assure enfin l'indépendance de la télévision, devrions-nous demeurer les bras croisés ? Bien évidemment non. Ne devions-nous pas préparer la mutation en mettant déjà en place les équipes susceptibles de donner à cette importante réforme toute sa dimension ? Bien évidemment oui.

Nous avons donc fait confiance à des professionnels confirmés, à des personnalités indépendantes. Il leur appartient à présent de libérer la radio et la télévision. Aucune directive particulière, notamment d'ordre politique, ne leur a été donnée. Je m'en porte garant. Les seules consignes gouvernementales ont été de réaliser une radio et une télévision respectant le pluralisme, la démocratie et la liberté d'expression. Une radio et une télévision de qualité, encourageant la création, respectant l'objectivité, en un mot dignes de la France et des Français.

Je sais bien que les résultats n'ont pas toujours fait l'unanimité. Il appartient aux PDG d'en tirer les conséquences. Ils sont libres. Des maladresses ont certes été commises. Cela me semble incontestable. Mais je n'oublie pas, dans l'appréciation, de faire leur part aux luttes politiques qui se cachent derrière la critique de la télévision comme il faut faire sa part à la vieille rivalité entre la presse écrite et l'audiovisuel.

L'accent est trop souvent mis sur les problèmes d'information alors que les émissions de cette nature représentent moins de 10 % du temps d'antenne.

Quant à la production, 80 % des programmes diffusés sont ceux qui existaient ou qui avaient été réalisés avant qu'interviennent les changements de présidents de chaînes.

Je constate, en outre, que l'ensemble des télévisions occidentales connaît des difficultés de même nature et une relative désaffection du public. Il apparaît en effet que les systèmes actuels sont trop lourds et insuffisamment diversifiés pour répondre aux attentes d'un public pour qui la télévision n'est déjà plus un miracle quotidien. Voilà plus de vingt-cinq ans qu'elle est entrée dans nos mœurs. Une génération a grandi face au petit écran et le phénomène d'hypnose qui avait joué pour nous s'est estompé. Une évolution comparable s'était produite, je me le rappelle avec la radio. A l'écoute familiale autour du poste a succédé un service diversifié et en quelque sorte à la carte. C'est déjà ce qui se passe pour la télévision dans plusieurs grands pays industriels. C'est cette évolution que nous connaîtrons en France et qu'il nous appartient de préparer et de conduire.

Il suffit d'inviter à déjeuner ensemble, comme je l'ai fait le 3 mars 1982, les présidents de TF1, d'Antenne 2 et de FR3, pous constater que la concurrence ne connaît aucune trêve, même dans les moments de détente. Or, c'est sans doute moins de concurrence qu'il convient de parler que de la personnalité, de l'identité de chacune des chaînes. Dès lors, elles peuvent être complémentaires et mieux harmoniser leurs programmations. Il appartient aux professionnels de ce secteur de le faire, entre eux, librement.

De même qu'il appartient aux professionnels de ce secteur de regarder l'avenir plutôt que de se crisper sur la défense d'intérêts catégoriels qui ne sont pas tous légitimes. Car les mutations qui s'engagent ne pourront pas être sans conséquence sur certains statuts particuliers. Et il est souhaitable que ces évolutions s'effectuent dans le cadre d'une négociation librement conduite plutôt qu'à travers des crises et des conflits.

La police

J'ai pris l'exemple de la télévision parce qu'il est particulièrement sensible au public et qu'il s'agit d'une chasse gardée de la droite depuis des années. Je pourrais montrer comment, dans d'autres secteurs, le changement s'effectue également avec difficulté parce que certains des hommes en place répugnent à changer leurs habitudes, à abandonner leurs privilèges. Dès lors, ils sont parfois tentés, pour défendre leurs intérêts personnels, de se prêter au jeu de l'opposition, de violer certaines de leurs obligations professionnelles, au détriment du pays.

On l'a bien vu dans certains secteurs de la police. Il est vrai qu'il s'agit d'une administration où une complicité malsaine avec le pouvoir politique peut presque naturellement se développer. Surtout si, comme au cours des dernières années, les gouvernements la recherche.

Qui aurait osé prétendre, au lendemain du 10 mai, qu'il n'était pas urgent de modifier des comportements, un état d'esprit au sein de cette institution ? Par exemple celui des quelques éléments qui, durant l'été 1981, se répandaient dans les services en racontant que les policiers n'avaient plus besoin de faire leur travail sous prétexte de la loi d'amnistie. Ou ceux qui critiquaient ouvertement la nouvelle politique mise en œuvre en faveur des immigrés et regrettaient les errements racistes d'hier.

On trouve dans certaines franges de la police, et en marge, des gens qui, au départ, se réclamaient du gaullisme, s'en sont éloignés et qui, aujourd'hui, ne sont motivés que par des mots d'ordre qui sont ceux de l'extrême droite. Le ministre d'État, ministre de l'Intérieur et de la Décentralisation est particulièrement attentif à cette situation, ce qui explique certainement, pour une bonne part, la virulence des campagnes qui ont été lancées contre lui.

Cette situation explique aussi, me semble-t-il, certaines fuites comme la divulgation, en mars 1982, de la lettre que le terroriste Carlos avait déposée à l'attention du gouvernement, à l'ambassade de France à La Haye. Dans ce texte, il menaçait d'étendre à la France le champ du terrorisme si nous ne libérions pas deux de ses amis arrêtés par hasard, à Paris, à l'occasion d'un contrôle de routine. Divulguer cette lettre avant même que le gouvernement français ait pu l'étudier, c'était choisir de prendre le risque de représailles contre certains de nos compatriotes. C'était, pour les auteurs de la fuite, jouer le jeu de la déstabilisation à n'importe quel prix.

Et c'est là que l'on retrouve une des tentations constantes de l'ensemble des oppositions. Le langage sectaire, la politisation et la dramatisation artificielles de certains faits divers, quelques fuites provoquées, tout cela vise à durcir le débat public afin de susciter les protestations du gouvernement et de la majorité, et de pouvoir les accuser d'intolérance. Et, au nom de ce durcissement inventé de toutes pièces, l'opposition pourrait recourir à des méthodes sinon violentes, du moins plus directes.

Une nouvelle droite

Il suffit, pour comprendre ce mécanisme, de se reporter à ce qu'écrivent certains cercles de la « nouvelle droite » qui sont fort actifs au sein des états majors RPR et UDF.

Faute de pouvoir trouver dans sa gestion d'hier, ou dans la réalité d'aujourd'hui, des thèmes pour ses campagnes de demain, l'opposition a vu en effet fleurir les clubs et a multiplié les colloques. Il s'agissait en principe, au départ, d'effectuer une intense recherche intellectuelle. L'intention était louable.

Malheureusement, un gaullisme qui ne parvient plus à se survivre, un libéralisme discrédité se trouvent contraints de laisser le champ libre à quelques activistes d'extrême droite, à quelques clubs dont l'horloge retarde dangereusement. Quand la droite veut être nouvelle, elle puise dans l'arsenal des doctrines antiégalitaires et antichrétiennes qui ont produit, au cours de la première moitié de ce siècle, les catastrophes que nous connaissons tous. Il serait grave que, par simple hostilité à la politique du gouvernement, des démocrates se laissent ainsi abuser par de fausses idées neuves.

Certains poussent donc à l'affrontement. Nous n'entrerons pas dans le piège. L'un de mes objectifs, en rédigeant ces pages, consiste justement à recentrer le débat politique. Sans doute, nous n'aurions pas dû, lors de la campagne des élections cantonales de mars 1982, nous laisser entraîner sur le terrain de la droite. Il faut refuser ces débats piégés sur de pseudo-affaires. Il faut refuser ce jeu truqué des média qui réduit la vie politique à une suite de « petites phrases » sans signification pour nos concitoyens. Il faut refuser les discussions annexes sur le rôle et la fonction du système d'information français.

Nous devons nous concentrer sur l'explication de notre politique. Nous devons expliquer le changement.

1er MAI 1982 :
C'est ici le chemin

Je retrouve les vallonnements des premiers contreforts des Ardennes, les étangs et les bois qui enserrent la petite ville de Fourmies. Je suis au cœur de la circonscription qui, en 1936, a élu Léo Lagrange. A une dizaine de kilomètres se trouve Sars-Poteries et son musée de la verrerie situé dans l'usine qui avait fait la fortune du village. Seulement, en 1936 justement, les verriers se sont mis en grève. Le 24 décembre 1937, la veille de Noël, les membres du conseil d'administration se réunissent. Ils ont vendu l'usine à un groupe concurrent. En fin d'après-midi, alors que la nuit tombe, ils sortent et passent devant les ouvriers qui attendent leur décision. Mais les ouvriers de la verrerie de Sars-Poteries, cela signifie en réalité toute la population du village. La décision est simple : l'usine sera fermée. Tout est fini et le village ne s'en est jamais relevé.

Plus de quarante ans après, cet épisode est demeuré gravé dans la mémoire collective des ouvriers de la région. Ils se répètent encore le mot qu'aurait lancé l'un des administrateurs de la verrerie en quittant l'usine : « Nos portefeuilles crèvent d'argent mais vous avez fait grève ; vous crèverez donc de faim. »

Cette forme de violence a-t-elle disparu de nos sociétés ? Les sidérurgistes de Longwy et de Denain savent bien que non. Et quiconque veut comprendre les raisons du combat de la gauche doit le garder en mémoire. Ce combat, je suis venu à Fourmies pour témoigner de sa permanence. Car la politique de réduction de la durée du travail, les « contrats de solidarité » constituent d'une certaine manière l'héritage des victimes du 1er mai 1891. La réduction de la durée du travail est en effet l'une des plus vieilles et des plus fortes revendications des travailleurs. Elle constitue la trame des luttes ouvrières depuis les débuts de l'ère industrielle, des luttes les plus vastes, les plus belles et les plus sanglantes aussi, hélas !

C'est pour la journée de huit heures que se sont mobilisés les travailleurs d'Europe et des États-Unis. C'est pour la journée de 8 heures qu'est né le 1er mai. C'est pour la journée de 8 heures que sont tombés les martyrs de Fourmies. C'est à travers les 40 heures hebdomadaires, les 15 jours de congés payés que s'est effectuée l'embellie du Front populaire.

Le souvenir de Fourmies

Cesser le travail pour réclamer la journée de 8 heures était considéré, en 1891, comme un acte de guerre. C'est du moins ce que les 34 principaux patrons de la petite ville de Fourmies, dans le Nord, osèrent écrire sur les affiches qu'ils firent placarder la veille du 1er mai. « Les industriels soussignés, pouvait-on lire, abandonnant, pour cette grave circonstance, toutes les questions politiques et autres qui peuvent les diviser, prennent l'engagement d'honneur de se défendre collectivement, solidairement et pécuniairement, dans la guerre injustifiable qu'on veut leur déclarer... » Il ne s'agissait malheureusement pas seulement de mots. Le maire et le préfet s'étaient mis à la disposition des industriels et le matin du 1er mai la troupe quadrillait la ville.

Par petits groupes, les ouvriers, ébahis, s'assemblent dans les rues. Dès 9 heures, les gendarmes chargent, sabre au clair. Ils font deux prisonniers après avoir blessé un homme et tranché l'oreille d'un enfant. La foule, dès lors, s'émeut. Elle réclame la libération immédiate des deux hommes qui viennent d'être arrêtés. La police ouvre le feu, en l'air, et procède à de nouvelles interpellations. L'après-midi, après une nouvelle charge de la gendarmerie, l'armée prend position, baïonnette au canon. En face, les manifestants rassemblés sur la place ramassent des pierres. Dès que les premiers projectiles volent, les soldats ouvrent le feu. On ramassera neuf morts, dont deux jeunes filles et un gamin de onze ans. Une mère de famille a été abattue à bout portant. Parmi les trente-trois blessés, se trouve un bébé de deux ans. A la tribune du Palais-Bourbon, le député Roche, les larmes aux yeux, montre la chemise d'une des victimes. Elle est percée de cinq trous sanglants. Tous dans le dos. Et parce qu'il ose traiter d'assassin Constans, le ministre de l'Intérieur de l'époque, Roche est expulsé de la Chambre des députés. Comme il y a eu des morts, il faut bien que la justice passe. Le secrétaire de la section socialiste de Fourmies est donc condamné à six ans de prison ferme !

A chacun son héritage

« L'ordre », une nouvelle fois, a triomphé ! En écrivant ces mots, je n'oublie pas que je suis Premier ministre et je n'oublie pas non plus que les temps ont changé, fort heureusement d'ailleurs. Je n'oublierai pas non plus les martyrs de Fourmies. Pour mon premier 1er mai de Premier ministre, c'est à Fourmies que j'ai souhaité me rendre. Je le fais en pensant à Léon Blum qui, lorsqu'il est arrivé à Matignon, a lui aussi souhaité accomplir ce pèlerinage, mais n'a pu le réaliser.

Je connais les remarques que cette fidélité suscite parfois. J'entends les propos ironiques de ceux pour qui tous ces épisodes seraient dépassés et ne témoigneraient que de l'archaïsme de la gauche. Mon premier livre était intitulé *Héritiers de l'avenir.* Héritiers d'une longue et glorieuse histoire que François Mitterrand a célébré au Panthéon le premier jour de son septennat et à laquelle j'ai rendu hommage en saluant tour à tour la mémoire de Roger Salengro, de Léo Lagrange et de Léon Blum.

Ma visite, comme Premier ministre, le 4 juin 1981, sur la tombe de Léon Blum était la seconde que j'effectuais à Jouy-en-Josas. La première fois, responsable des Jeunesses socialistes, j'avais vu, couché sur son lit de mort, l'homme qui incarne le socialisme et qui symbolise le gouvernement du Front populaire. Et le hasard de la vie a voulu que ma seconde visite, je l'effectue comme Premier ministre du premier gouvernement de gauche de la Ve République. A cette occasion, Mme Blum m'a remis le texte du discours prononcé par son mari en clôture de la session parlementaire d'août 1936. Il pouvait déjà dresser l'impressionnant bilan des réalisations de son gouvernement.

J'ai souhaité pouvoir en dire autant un jour et il me semble qu'au terme d'une année c'est déjà possible [1]. J'avais d'ailleurs proposé en exemple au gouvernement, lors de la première réunion du Conseil des ministres, et Léon Blum et Pierre Mendès France. Blum parce que l'action de son gouvernement marque encore profondément la mémoire de nos concitoyens. Mendès France

1 Voir annexe p. 219.

parce que les qualités de franchise et d'efficacité de son action gouvernementale ont marqué l'histoire de la IVe République et une génération au moins de militants socialistes.

Si j'insiste sur cet héritage, c'est parce que je connais la diversité de la gauche française et que j'ai, par-dessus tout, le souci de son unité et d'abord de l'unité des socialistes. C'est pourquoi je souhaite les voir se réapproprier leur histoire. Car, sans mémoire, il n'y a pas d'action collective possible. Sans mémoire, on ne peut déchiffrer l'avenir.

D'ailleurs, chacun d'entre nous assume son héritage. Je l'ai encore mesuré lors de l'annonce publique de la composition du premier gouvernement du septennat. Que de sarcasmes a suscités la création du ministère du Temps libre. Tous ceux qui, comme Jacques Chirac, ont ironisé sur cette initiative, se rendaient-ils compte qu'ils assumaient ainsi leur part d'héritage ? Ont-ils réalisé qu'ils retrouvaient spontanément les remarques des bourgeois de 1936 dénonçant dans les congés payés une occasion donnée à la classe ouvrière de se rendre au café ?

Tout chemin a ainsi ses bornes. A chacun d'apprendre à les lire. C'est à cela que j'ai voulu aider par ces pages.

Définir une pédagogie

Expliquer le changement, définir une pédagogie est en effet l'une des tâches les plus difficiles pour le gouvernement. Absorbés quotidiennement par l'action, nous sommes amenés à tenir des propos trop souvent fragmentaires sur tel ou tel aspect de notre vie collective soudain mis en lumière par les hasards de l'actualité. La vision d'ensemble, et donc la cohérence de la démarche s'estompent dès lors. Le mouvement réfléchi de transformation en profondeur de notre société se trouve éclaté en de multiples fragments, à partir desquels nos concitoyens chercheraient l'image de notre avenir commun.

Or, la transformation de la société française, le changement ne seront jamais l'œuvre du seul gouvernement. Il y faut aussi la mobilisation pacifique mais résolue de notre peuple. Il y faut cet élan qui, le 10 mai, a permis à François Mitterrand d'accéder à la présidence de la République.

Mais pour que cette mobilisation s'effectue, les Françaises et les Français ont besoin de comprendre quelle est la route suivie et quelles sont les étapes. C'est ce que j'ai voulu leur expliquer concrètement au fil de ces pages en évoquant pour eux quelques-unes de mes journées de Premier ministre, dix seulement, quelques dossiers parmi beaucoup d'autres, sans leur cacher les difficultés et les contradictions. Car toute œuvre humaine doit surmonter un certain nombre de contradictions et les Français le savent bien.

J'ai souvent dit que je n'entends pas être seul à Matignon. Je souhaite que tous les Français s'y sentent représentés. C'est pourquoi je m'attache à être si souvent sur le terrain parmi eux. C'est pourquoi je prends si souvent la parole, pour expliquer encore et toujours. C'est pourquoi, au terme d'une première année à la tête du gouvernement, j'ai éprouvé le besoin de faire le point, pour eux et avec eux.

Car la gauche ne peut pas gouverner de la même manière que la droite. Le changement, là aussi, doit se manifester. Nous ne pouvons nous satisfaire du type d'explication de la politique gouvernementale qui a été pratiqué depuis plus de vingt ans. Chacun se souvient des abus auxquels on avait abouti, notamment dans l'audiovisuel. Il serait inacceptable de remplacer ces abus d'hier par de nouveaux, à notre profit cette fois. Pour autant la situation qui existe depuis un an n'est pas satisfaisante.

La liberté d'expression n'est pas en cause et il n'est donc nul besoin de recourir aux grands mots. En revanche, un nouvel équilibre de l'information doit correspondre au nouvel équilibre que les Français ont voulu par leurs votes. La réforme de l'audiovisuel doit apporter, dans ce domaine, la réponse sincère et loyale de partisans authentiques de la démocratie. C'est d'autant plus important que la préparation des décisions gouvernementales se déroule sous les feux de l'actualité. C'est la règle dans les sociétés de communication qui sont, de plus en plus, les nôtres. Or, une politique s'élabore nécessairement à travers une discussion. Les investigations des média rendent souvent compte d'informations partielles et ne couvrent pas l'ensemble du débat. Il devient, dès lors, tentant de présenter la discussion comme une difficulté, la réflexion comme une hésitation, l'accord comme un laborieux compromis et ce qui doit être tranché au plus haut niveau comme un manque d'autorité générale.

La droite a pu s'accommoder d'un tel fonctionnement dans la mesure où le général de Gaulle a longtemps été la source de toute autorité et de toute légitimité. C'était le temps de la décision et du pouvoir personnels. L'absence de débat qui en a résultée a certainement contribué à l'explosion de mai 1968 et à la reconquête, par la jeunesse, du droit à la parole.

Je ne conçois pas, quant à moi, une démocratie sans discussions au Parlement, sans débats au sein des partis politiques. Parce qu'il n'a pas voulu organiser la discussion, Valéry Giscard d'Estaing a été conduit à prendre de plus en plus en charge, personnellement, la présentation du programme du gouvernement ; à intervenir à tout moment et sur tous les sujets à la télévision ; à autocélébrer tous les anniversaires de son septennat.

Au bout de quelques années de ce que l'on a appelé l'art de l'anesthésie, la vie politique s'est trouvée ramenée à sa plus simple expression dont le scrutin du 10 mai a marqué le terme : fallait-il garder Valéry Giscard d'Estaing ou choisir le changement ?

Gouverner autrement

Il est évident que la gauche doit se montrer scrupuleuse dans le respect de la Constitution du pays. Mais il me semble non moins évident qu'elle doit combler le vide créé par un régime qui n'a prévu de consulter les Français que tous les sept ans. Elle doit inventer et définir les formes d'un débat permanent et démocratique.

Le problème que je pose ainsi est celui de la circulation des idées. Lorsqu'elle est nécessaire, la discussion doit être conduite très en amont de la décision. Elle doit se dérouler au sein des partis, puis des groupes parlementaires.

Prenons un exemple : le passage aux 35 heures. Il implique des choix de caractère économique, industriel et social. Il s'agit d'un débat concret, accessible au plus grand nombre. Il appelle non seulement une décision politique mais encore une mobilisation. Car les résultats escomptés ne seront obtenus que si les décisions du législateur s'appuient sur une évolution des comportements. Il ne servirait à rien, par exemple, de réduire la durée hebdomadaire de travail à 35 heures si, parallèlement, la pratique des heures supplémentaires augmentait ou si se développait le travail au noir.

Le travail est plus qu'un moyen de subsistance, plus qu'une source de revenus. C'est par le travail que les femmes et les hommes s'intègrent à une société et la privation d'emploi constitue un véritable bannissement. Le passage aux 35 heures doit donc correspondre à un effort de solidarité qui permette d'inscrire à nouveau dans la réalité le droit au travail pour tous. Il doit aussi permettre de faire œuvre de civilisation en valorisant l'individu non seulement par son travail mais aussi par le temps choisi, par l'usage du temps libre.

Pour atteindre ces objectifs, faut-il privilégier l'augmentation de productivité ? Certainement. Faut-il, lorsque cette amélioration est insuffisante, accepter un certain partage des revenus comme corollaire du partage du travail ? L'imposer certainement pas mais, lorsque la décision est prise par les partenaires sociaux, pourquoi pas ? Le secteur public doit-il précéder le mouvement, le suivre ou demeurer à l'unisson du secteur privé ?

Un soutien nécessaire

Bien d'autres sujets devraient ainsi nourrir notre vie publique : l'avenir de la construction européenne ; la place de la France rurale et agricole dans la société que nous bâtissons ; l'intérêt porté à la reconquête du marché intérieur puisque les Français soutiennent peu, par nature, la production nationale ; l'évolution du service militaire ; l'éducation ; la réforme de la Sécurité sociale et de la santé...

Il n'est pas question de proposer le débat pour le plaisir de la discussion mais chacun sait bien qu'il constitue la première et la meilleure condition de la participation et de l'adhésion populaire.

Au cours de cette première année du septennat, la tâche du gouvernement s'est trouvée simplifiée car les objectifs avaient déjà été débattus dans le pays durant la campagne présidentielle : il s'agissait des 110 propositions de François Mitterrand.

Nous nous sommes attachés à les réaliser tout au long de ces douze premiers mois. Et jamais sans doute dans l'histoire de nos Républiques, un gouvernement n'a aussi scrupuleusement respecté son programme.

Nous avons nationalisé le crédit et neuf groupes industriels ; réduit la durée du travail ; indexé sur les prix l'épargne populaire ; relevé le SMIC et les prestations familiales ; généralisé la cinquième semaine de congés payés ; créé plusieurs dizaines de milliers d'emplois dans les services publics ; stimulé la recherche ; engagé un programme de grands travaux publics, de construction de logements sociaux et d'équipements collectifs ; institué un impôt sur les grandes fortunes selon un barème progressif ; allégé l'impôt direct pour les petits contribuables, de même que nous l'avons renforcé pour les gros revenus ; créé des offices agricoles ; abrogé la peine de mort ; donné un statut particulier à la Corse ; décentralisé l'État en faisant élire les Conseils régionaux au suffrage universel, assurant l'exécutif par le Président et son bureau ; supprimé la vignette moto ; ouvert le droit à la retraite à taux plein à partir de 60 ans... Voilà le bilan incomplet d'une seule année.

Il nous faut, à présent, voir plus loin. Dans les années qui viennent, nous devrons créer, défricher le terrain, élaborer une politique dans l'action. Nous ne ferons pas, à ce niveau et sur les dossiers essentiels, l'économie d'un débat au sein des formations politiques de la majorité.

Nous pourrons plus facilement inviter les citoyens à participer à la vie politique et sociale du pays si la conduite de l'État allie l'autorité et la démocratie.

Certes, il est beaucoup plus simple d'ouvrir ces perspectives dans un livre que de les mettre en pratique dans la vie quotidienne. La participation des citoyens sera toujours imparfaite. La perfection existe, dans ce domaine, moins encore que dans toute autre.

Il convient néanmoins d'avoir la volonté d'œuvrer dans ce sens. On ne réforme pas une société sans modifier les comportements individuels et collectifs. On ne prépare pas une société nouvelle sans l'expliquer et en se bornant à raconter l'actualité au jour le jour. On ne fabrique un nouveau monde que par l'adhésion du plus grand nombre.

Les trois priorités

Les Français, en nous confiant la responsabilité du pouvoir, ont clairement marqué trois priorités à notre politique : la lutte contre la chômage, la réduction des inégalités et le déblocage de la négociation sociale. Par ailleurs, l'évolution de l'économie mondiale nous impose de relever trois défis : retrouver la croissance, maîtriser la nouvelle révolution technologique et bâtir un nouvel ordre économique international. C'est en fonction de ces données que nous conduisons le changement afin de rendre à tous les Français avec la maitrise de leur avenir, le sens de la dignité.

La dignité a de l'importance quand on est ouvrier et que l'on passe la porte de l'usine ; quand on est agriculteur et que l'on voit ses revenus diminuer ; quand on est une femme et que l'on sent que tous ses droits ne sont pas encore reconnus ; quand on est jeune et que l'entrée dans la société des adultes s'ouvre d'emblée sur la perspective du chômage ; quand on est cadre, que l'on dispose de revenus suffisants, mais que l'on n'a pas le droit à la parole dans son entreprise.

Ces revendications, l'an dernier, beaucoup n'osaient croire qu'elles pourraient être satisfaites. Nombreux sont ceux qui n'en ont pris concience qu'au lendemain de la victoire de la gauche et grâce à elle, grâce à cette victoire du printemps de 1981.

C'était l'aboutissement d'une longue marche et l'aube de temps nouveaux.

Le mouvement socialiste est né de la révolte d'hommes broyés par les machines de la première révolution industrielle. Aujourd'hui, alors que nous vivons une nouvelle mutation technique, les Français font confiance aux socialistes et à la gauche pour réconcilier l'homme et la société contemporaine. Hier, on leur proposait de subir la crise. Ils ont choisi de relever la tête, de maîtriser le progrès pour le mettre au service des hommes.

Cette démarche est celle du socialisme. Car le socialisme a traversé le siècle aux côtés du peuple. Et pourtant, il est demeuré presque toujours minoritaire. Néanmoins, jamais il n'a tenté d'accéder au pouvoir par d'autres moyens que ceux de la démocratie.

Cette histoire porte témoignage. Jamais les socialistes n'exerceront les responsabilités publiques autrement que dans le respect absolu de la démocratie.

Parce que nous refusons d'accepter la montée continue du sous-emploi qui, au-delà du gaspillage économique, représente un cancer social et un facteur de désagrégation de nos sociétés, nous avons la volonté de relancer l'économie, puis de retrouver la croissance, en respectant et en garantissant les grands équilibres économiques qui conditionnent le succès à long terme. Ce qui signifie, ce qui exige aussi, à la fois la mise en œuvre d'une politique industrielle dynamique et d'un nouveau partage du travail.

Une prise de conscience

L'orientation de notre politique semblait, jusqu'à présent, à contre-pied de celle de nos partenaires. Mais au moment où des seuils de chômage, fatidiques, sont franchis à l'étranger, l'analyse de la France est confortée et rencontre un écho croissant. Car l'Europe prend conscience qu'elle ne dominera pas la troisième révolution industrielle sans une croissance plus forte, qui est la condition nécessaire de la rénovation de son appareil productif.

La seconde priorité nous est dictée par le fait que la société française est aussi l'une des plus inégalitaires des pays développés. Dès son installation, le gouvernement a donc pris des mesures destinées à améliorer la situation des Français les plus défavorisés, de ceux qui cumulent les inégalités. Trop souvent en effet, les travailleurs qui connaissent les durées de travail les plus longues sont ceux qui perçoivent les salaires les plus bas et qui voient leur santé la plus exposée dans le travail. C'est la raison pour laquelle les réformes que nous avons entreprises ont porté sur une hausse plus rapide du salaire minimum et des bas salaires que des rémunérations moyennes ou élevées, et sur une augmentation des prestations sociales. Pour autant, la réduction des inégalités sociales n'est pas de l'égalitarisme. Il n'est pas question de généraliser à tous les avantages accordés aux Français les moins bien défendus. Les modifications dans les classifications hiérarchiques sont examinées, en liaison avec les partenaires sociaux, de manière que les hausses du salaire minimum ne se répercutent pas automatiquement.

Toutefois, il nous faut tenir compte des crispations sociales dans notre pays. Rien ne sera possible si nous ne rétablissons pas un minimum de confiance dans la négociation salariale. J'ai bien conscience qu'une telle ambition ne se décrète pas. Elle suppose le dialogue et la mobilisation du pays.

Mais la lutte contre le chômage et la réduction des

inégalités passe aussi par une relance économique. Car, pour rétablir la prospérité de nos économies et asseoir sur des bases solides le progrès social, il nous faut retrouver le chemin de la croissance. C'est une évidence qui a parfois été perdue de vue au cours des dernières années, mais qui retrouvera progressivement toute sa force. Ce n'est pas dans la langueur ou dans la croissance « zéro » que nous trouverons la volonté et les moyens de relever les défis de la fin du XXe siècle. Cette idée aussi fait son chemin. D'autres démocraties occidentales commencent à s'engager dans cette voie. C'est indispensable. Il nous faut en effet assurer une meilleure convergence des politiques économiques en Europe. Une action concertée des grands pays industrialisés est plus que jamais indispensable.

Au-delà de cette relance, il nous faut relever le défi de la nouvelle révolution industrielle et technologique. Avec nous, la France a fait un double choix : celui d'une politique offensive et volontariste en matière d'investissement, de recherche, de développement de nouvelles technologies et celui de l'ouverture sur le monde en matière d'échanges commerciaux, industriels, financiers et humains. Entre ces deux démarches, il n'y a pas opposition, mais complémentarité. Un effort mieux ordonné peut et doit aller de pair avec un renforcement de la coopération internationale.

Enfin, le temps est venu de jeter les bases d'un nouvel ordre économique international, qui passe par l'établissement de relations différentes, mutuellement avantageuses entre le Nord et le Sud, entre les pays développés et les pays en voie de développement. La France a un rôle exemplaire à jouer à cet égard. Elle ne pourra cependant pas le tenir seule. Il nous faut unir nos efforts, gouvernements, industriels, financiers, investisseurs, afin de répondre à l'immense attente des peuples qui n'ont pas encore accédé au développement économique et à la satisfaction des besoins sociaux les plus élémentaires.

La nouvelle révolution industrielle

Il m'arrive fréquemment de parler de la « troisième révolution industrielle ». C'est elle que nous devons affronter. Mais c'est aussi grâce à elle que nous allons pouvoir changer la société et passer ainsi du temps contraint au temps choisi. Il y faut de l'audace. Nous n'en manquons pas. Dans un monde qui change, les gestions frileuses des conservateurs sont inadaptées. Il faut, au contraire, faire confiance au dynamisme de notre jeunesse, aux facultés créatrices des Françaises et des Français.

Je l'ai dit dans les premières pages de ce livre et je veux le répéter en conclusion : la politique qui est aujourd'hui celle de la France doit être celle de tous les Français. Il faut réconcilier le pays avec lui-même, c'est une des conditions de notre succès collectif. Nous avançons dans un contexte difficile, au milieu de contradictions réelles. Mais un monde sans contradictions n'existe pas. C'est par le dialogue, la concertation, la négociation que nous surmonterons les obstacles. Car nous ne les surmonterons qu'ensemble. Pour cela, il est normal que les Français s'appuient sur leur gouvernement, qu'ils utilisent les moyens qu'il met à leur disposition. Mais ils ne doivent pas tout attendre de lui. Ils doivent trouver entre eux les équilibres nécessaires entre les impératifs du progrès social et ceux de la vie économique. Pour sa part, le gouvernement s'efforce de faire en sorte que sa politique économique et sa politique sociale forment un seul et même ensemble.

Nous sommes en train de réussir et chacun le voit bien. La France, lentement, au prix d'efforts constants, centimètre par centimètre, est en train de sortir de l'ornière dans laquelle elle s'était enlisée. Poursuivons cet effort et poursuivons-le tous ensemble. Et pour mieux coordonner nos forces, discutons entre nous, encore et toujours. Voilà le contrat de solidarité que je rêve de voir passer entre tous les Français.

Je suis aussi profondément convaincu que le peuple français, en portant la gauche au pouvoir, a renoué avec sa grande tradition d'émancipation. Il s'efforce de définir la voie d'un nouveau mode de développement, plus respectueux des hommes et des ressources. Car l'humanité ne souffre pas de surproduction, bien au contraire. Elle souffre du désordre de la production et de l'inégalité de la répartition. Il nous faut, tous ensemble, apporter des solutions à ces maux. Car ce n'est qu'en surmontant les déséquilibres actuels que nous pourrons garantir durablement la paix. Oui, décidément, c'est ici le chemin.

POSTFACE

Il n'est pas habituel qu'un Premier ministre en exercice prenne la plume. Mais l'année que nous venons de vivre a été suffisamment extraordinaire pour mériter une trace écrite.

Je n'ai pas voulu brosser un tableau complet, tout au plus évoquer certains des dossiers qui ont été traités au cours des mois qui viennent de s'écouler. D'autres peuvent, dès maintenant, dresser des bilans. Il me semble, pour ma part, que l'heure n'en est pas encore venue. Que nul ne s'étonne donc de l'absence, dans ce récit, de nombreux événements.

J'ai surtout voulu montrer que gouverner ne se résume pas à produire des lois ou des réglements. Il y faut aussi, et peut-être avant tout, une volonté politique, de l'ardeur et certainement des sentiments.

Je voudrais remercier mes collaborateurs avec qui j'ai vécu cette première année du changement. Ils m'ont permis, grâce à notre travail commun, de vous raconter ces moments de l'action gouvernementale.

Paris, le 10 mai 1982
P.M.

ANNEXE

OÙ EN SONT LES 110 PROPOSITIONS AVANCÉES PAR FRANÇOIS MITTERRAND DURANT LA CAMPAGNE PRÉSIDENTIELLE ?

I – LA PAIX : UNE FRANCE OUVERTE SUR LE MONDE

PROPOSITIONS	RÉALISATIONS
• – *Défense du droit et solidarité avec les peuples en lutte.*	
2 – Condamnation de l'aide apportée par les États-Unis aux dictatures d'Amérique latine.	*Conseil des ministres du 2 septembre 1981.* – Déclaration franco-mexicaine sur le Salvador.
3 – Affirmation du droit des travailleurs polonais aux libertés et au respect de l'indépendance syndicale.	*Conseil des ministres du 16 septembre 1981.* – Déclaration de F. Mitterrand sur la Pologne.
4 – Paix au Moyen-Orient par la garantie de la sécurité d'Israël dans des frontières sûres et reconnues ; le droit du peuple palestinien à disposer d'une patrie ; l'unité du Liban.	• *26-28 septembre 1981 :* Voyage du Président en Arabie Saoudite. • *3-5 mars 1982 :* Voyage du Président en Israël.
5 – Indépendance du Tchad. Respect de la souveraineté du Cambodge. Soutien au droit à l'autodétermination de l'Érythrée et du Sahara occidental.	*Conseil des ministres du 4 novembre 1981.* – Application de la résolution de l'OUA. Consolidation de l'unité du Tchad.

PROPOSITIONS	RÉALISATIONS
• *Nouvel ordre économique mondial.*	
9 – Priorité au dialogue Nord-Sud pour la mise en place d'un nouvel ordre économique mondial. Aide publique au tiers monde portée à 0,70 % du PNB de chaque pays développé.	• *J.O. du 6 janvier 1982* (décret nº 81-1230 du 3 décembre 1982). – Institution d'un délégué interministériel pour les questions de coopération et d'aide au développement. • *Conseil des ministres du 2 septembre 1981.* – Aide publique au tiers monde portée à 0,70 % du PNB avant la fin du septennat. *Conseil des ministres du 2 décembre 1981.* – Aide au développement. • *1er septembre 1981 :* conférence de F. Mitterrand sur les pays les moins avancés à l'UNESCO. • *22 et 23 octobre 1981 :* Sommet Nord-Sud de Cancun.
11 – Application stricte du traité de Rome (Marché commun) : poursuite de la démocratisation de ses insti-	*Conseil des ministres du 28 octobre 1981.* • Mémorandum sur la relance des politiques commu-

PROPOSITIONS	RÉALISATIONS
tutions et mise en œuvre immédiate de ses dispositions sociales. Défense de l'emploi européen par le développement de politiques industrielles communes, par la protection des secteurs menacés par l'invasion de certains produits en provenance du Japon et des États-Unis, par l'élaboration d'un règlement communautaire sur l'activité des sociétés multinationales. Réforme profonde de la politique agricole et de la politique régionale.	nautaires et la politique agricole commune. • *29-30 juin 1981 :* Conseil européen de Luxembourg. • *26-27 novembre 1981 :* Sommet européen de Londres. • *29-30 mars 1981 :* Conseil européen de Bruxelles.

II – L'EMPLOI : LA CROISSANCE SOCIALE PAR LA MAÎTRISE DE L'ÉCONOMIE

PROPOSITIONS	RÉALISATIONS
• *La relance économique.* 14 – Un programme de relance économique fixera, dès la prochaine session de la législature, les premières orientations : emploi, prix, développement technologique, cadre de vie.	*J.O. du 16 septembre 1981.* – Discours au Premier ministre à l'Assemblée nationale le 15 septembre 1981.

PROPOSITIONS	RÉALISATIONS
15 – Des actions industrielles seront immédiatement lancées dans les secteurs de l'électronique, de l'énergie, des biens d'équipement, des transports et de l'automobile, de la chimie finie et de la bio-industrie, de la sidérurgie et de l'agro-alimentaire afin de reconquérir le marché intérieur et de créer des emplois.	• *J.O. du 16 décembre 1981* (décret nº 81-1101 du 14 décembre 1981). – Ameublement : taxe parafiscale au profit du « comité de développement des industries françaises de l'ameublement ». • *J.O. du 31 décembre 1981* (loi de finances pour 1982). – Déblocage des crédits nécessaires au soutien de ces différents secteurs. • *J.O. du 2 mars 1981* – Ordonnance : plan textile-habillement.
16 – Un programme de grands travaux publics de construction de logements sociaux et d'équipements collectifs (crèches, restaurants scolaires, maisons de l'enfance) sera engagé dès le deuxième semestre de 1981.	• *J.O. du 4 août 1981* (loi nº 81-734 du 3 août 1981). – Collectif budgétaire pour 1981, financement de 50 000 logements sociaux supplémentaires.
17 – La recherche sera stimulée pour atteindre d'ici 1985 2,5 % du PNB. Des mesures d'aide par le crédit et d'encouragement à l'innovation seront prises en direction des PME.	• *Conseil des ministres du 31 mars 1982.* – Projet de loi d'orientation et de programmation pour la recherche et le développement technologique de la France.

PROPOSITIONS	RÉALISATIONS
	– Budget 1982 en augmentation de 29,4 % par rapport à 1981.
18 – 150 000 emplois seront créés dans les services publics et sociaux en vue d'améliorer les conditions de travail au public (santé, éducateur, PTT, etc.). 60 000 emplois d'utilité collective seront mis à la disposition des associations et des collectivités locales.	• *J.O. du 4 août 1981 et 28 novembre 1981* (loi de finances rectificative de 1981). – 54 000 emplois dont 37 000 dans la fonction publique. • *J.O. du 31 décembre 1981* (loi de finances restificative de 1982). – 71 000 emplois dont 46 000 dans la fonction publique. • *Conseil des ministres du 23 septembre 1981.* – Programme de lutte contre le chômage.
• *Une nouvelle croissance.* 19 – Le plan, démocratisé et décentralisé, donnera un nouveau contenu au développement éconmique. La croissance sociale s'appuiera sur le dynamisme du secteur public, l'encouragement à l'investissement,	• *J.O. du 8 janvier 1982* (loi n° 82-6 du 7 janvier 82). – Adoption du plan intérimaire 1982-1983. – Création d'une commission nationale de réforme de la planification.

PROPOSITIONS	RÉALISATIONS
l'augmentation des bas revenus et l'amélioration des conditions de travail.	
20 – Le franc sera défendu contre les manœuvres spéculatives (le développement industriel et agricole et les économies d'énergie rendront la croissance moins tributaire des importations. D'ici 1990, la part du commerce extérieur dans le PIB sera ramenée en dessous de 20 %).	• *J.O. du 22 mai 1981.* Relations financières avec l'étranger (arrêté du 21 mai 1981 modifiant l'arrêté du 9 août 1979 modifié fixant certaines modalités d'application du décret nº 68.1021 du 24 novembre 1968). – Constitution de couverture de change à terme (circulaire du 21 mai 1981 modifiant la circulaire du 12 juillet 1976 modifiée). – Domiciliation et paiement des importations, exportations de marchandises (circulaire du 21 mai 1981 modifiant la circulaire du 9 août 1973 modifiée). – Opérations des sociétés de négoce international (circulaire du 21 mai 1981 modifiant la circulaire du 25 mars 1977 modifiée). – Execution des transferts à destination de l'étranger bénéficiant d'une autorisation générale (circulaire du 21 mai 1981 modifiant la circulaire du 9 août 1973 modifiée).

PROPOSITIONS	RÉALISATIONS
	– Comptes en francs ouverts à des non-résidents et dossiers étrangers de valeurs immobilières (circulaire du 21 mai 1981 modifiant la circulaire du 22 mai 1974 modifiée). – Investissements directs français à l'étranger et investissements directs étrangers en France (circulaire du 21 mai 1981 modifiant la circulaire du 6 août 1981 modifiée). • *J.O. du 1er octobre 1981* (décret nº 81-888 du 30 septembre 1981). – Levée de l'anonymat des transactions sur l'or : 7 octobre 1981 (les détenteurs d'or ne sont pas concernés).
21 – Le secteur public sera élargi par la nationalisation des neuf groupes industriels prévus dans le programme commun et le programme socialiste, de la sidérurgie et des activités de l'armement et de l'espace financées sur fonds publics. La nationalisation du crédit et des assurances sera achevée.	• *J.O. du 13 février 1982* (loi nº 82-155 du 11 février 1982).

PROPOSITIONS	RÉALISATIONS
22 – Le contrat de travail à durée indéterminée redeviendra la base des relations du travail : les capacités d'intervention du syndicat dans l'entreprise seront étendues et affermies : moyens et protection des délégués élus, temps consacré à l'information et à l'expression collective.	• *J.O. du 6 février 1982.* – Ordonnances sur le travail temporaire et les contrats à durée déterminée. • *Conseil des ministres du 25 mars 1982.* – 4 projets de loi consacrés aux « droits des travailleurs ».
23 – La durée du travail sera progressivement réduite à 35 heures après négociation entre les partenaires sociaux. La 5e équipe sera instaurée dans les métiers pénibles. La 5e semaine de congés payés sera généralisée.	• *J.O. du 17 janvier 1982.* – Ordonnance sur la réduction de la durée du travail (39 h) et sur la 5e semaine de congés payés, la 5e équipe.
24 – L'ANPE sera démocratisée. Elle sera transformée en un grand service public de l'emploi (coordination de l'ensemble des moyens d'information, de formation et de conversion, travail intérimaire).	• *Conseil des ministres du 28 octobre 1981.* – Principales étapes fixées.
25 – Une loi fixera les conditions d'évolution de la révision des loyers et de la	• *J.O. du 31 décembre 1981.* – Loi instituant un plafonnement de 5 à 7 % de répar-

PROPOSITIONS	RÉALISATIONS
tition des charges. En outre, des dispositions seront prises en faveur des locataires des logements sociaux.	hausses de loyers dans le secteur des logements libres et des HLM. • *Conseil des ministres du 28 octobre 1981.* – Le projet de loi portant sur les relations entre propriétaires, bailleurs et locataires s'inscrit dans le cadre de la nouvelle politique du logement.
26 – L'épargne sera fortement encouragée. Un livret A par famille sera indexé sur les prix. Les taux d'intérêt des autres dépôts seront relevés. La réforme des circuits financiers permettra l'affectation de l'épargne des Français aux investissements considérés comme prioritaires par le Plan.	• *J.O. du 15 octobre 1981* (décret nº 81-924 et 81-925 fi 16 octobre 1981). – Augmentation du taux d'intérêt des livrets A : 8,5 %. – Prime exceptionnelle d'épargne (décret nº 81-926 du 14 octobre 1981). • *Conseil des ministres du 25 mars 1982.* – Un projet de loi sur la création d'un « livret d'épargne populaire ».
27 – Des bonifications d'intérêt ou des avantages fiscaux, sur une base contractuelle, seront accordés pour contribuer à la réalisation des objectifs de la politique économique et	• *J.O. du 31 décembre 1981* (loi de finances nº 81-1160 du 30 décembre 1981). – Les contrats de solidarité.

PROPOSITIONS	RÉALISATIONS
sociale, en particulier pour les industries de main-d'œuvre.	
28 – Les prix des produits pour lesquels la concurrence ne joue manifestement pas seront contrôlés. Les circuits de distribution seront réformés. L'implantation des grandes surfaces réglementée. Les pouvoirs des consommateurs renforcés.	• *Conseil des ministres du 23 septembre 1981.* – Mesures pour le commerce et l'artisanat à propos de l'implantation des grandes surfaces.
30 – L'assiette des cotisations patronales de la Sécurité sociale sera modifiée afin de ne pas pénaliser les entreprises de main-d'œuvre.	• *J.O. des 4 août 1981 et 29 novembre 1981.* – Réduction des cotisations sociales pour compenser à hauteur de 50 % les charges des entreprises résultant de l'augmentation du SMIC. • *Conseil des ministres du 10 novembre 1981.* – Réforme de la Sécurité sociale : son rôle dans le système de la santé et de l'assiette, et de son financement.
31 – Le SMIC sera relevé. Son montant sera fixé après négociations avec les organisations syndicales. La nou-	• *J.O. du 1er juillet 1981* (décret nº 81-680 du 30 juin 1981).

PROPOSITIONS	RÉALISATIONS
nouvelle hiérarchie des salaires inscrite dans les conventions collectives sera respectée. Les prestations pour handicapés et le minimum vieillesse seront portés au niveau des 2/3 du revenu moyen. Les prestations familiales seront revalorisées de 50 % en deux étapes. Les indemnités de chômage seront fortement augmentées.	– Relèvement du SMIC : + 10 %. – Augmentation du minimum vieillesse : + 20 %. – Augmentation des allocations versées aux handicapés : + 20 %. • *J.O. du 2 juillet 1981* (décret n° 81-682 du 30 juin 1981). – Augmentation des prestations familiales : + 25 %. • *J.O. du 4 mars 1982.* – Relèvement du SMIC : 2,6 %.
33 – De nouvelles prestations familiales seront progressivement substituées au quotient familial par enfant qui sera, en attendant, plafonné.	• *Conseil des ministres du 16 septembre 1981.* – Simplication des prestations existantes. • *J.O. du 31 décembre 1981.* Loi de finances pour 1982 (plafonnement du quotient familial).
34 – Un impôt sur les grandes fortunes, selon un barème progressif, sera institué. Les droits de succession seront réformés afin d'alléger les successions modestes (en ligne directe ou non) et de surtaxer les grosses successions. Le capi-	• *J.O. du 31 décembre 1981.* Loi de finances pour 1982 (n° 81-1160 du 30 décembre 1981).

PROPOSITIONS	RÉALISATIONS
tal des sociétés sera taxé sur la base de l'actif net réévalué.	
35 – L'impôt sera allégé pour les petits contribuables, renforcé pour les gros revenus de manière à réduire l'éventail des revenus. L'avoir fiscal sera supprimé.	• *J.O. du 31 décembre 1981.* Loi de finances pour 1982 (n° 81-1160 du 31 décembre 1981).
36 – Règlement des contentieux concernant les anciens combattants, application du rapport constant (retour à la proportionnalité des pensions militaires inférieures à 100 %, bénéfice de la carte de combattant aux anciens d'Algérie).	• *J.O. du 2 juillet 1981.* – Il a été procédé à un premier rattrapage de 5 %.
37 – Nouvelle loi d'indemnisation pour les rapatriés, prévoyant la reconstitution des patrimoines familiaux, limitée pour les grosses fortunes.	*Conseil des ministres du 28 octobre 1981.* • Projet de loi sur la réinstallation des rapatriés.
• *L'énergie.*	
38 – L'approvisionnement énergétique du pays sera diversifié. Le programme nu-	• *J.O. du 12 décembre 1981* (décret du 10 décembre 81). – Abrogation de déclara-

PROPOSITIONS	RÉALISATIONS
cléaire sera limité aux centrales en cours de construction, en attendant que le pays réellement informé puisse se prononcer par référendum. Les crédits en faveur des énergies nouvelles ou des techniques nouvelles d'exploitation des énergies traditionnelles (charbon) seront très considérablement augmentés.	tion d'utilité publique du projet Plogoff. – Mise en œuvre du programme nucléaire : 6 tranches. • *Conseil des ministres du 30 juillet 1981.* – Préparation du programme d'indépendane énergétique. Mesures conservatoires dans le domaine nucléaire. • *Conseil des ministres du 30 septembre 1981.* – Préparation du débat « énergie ». • *Conseil des ministres du 17 février 1982.* – Création de l'Agence française de l'énergie (économies d'énergie).
40 – Une loi-cadre garantira le contrôle des citoyens et des élus sur toutes les décisions, et notamment les questions de sécurité touchant au nucléaire.	• *J.O. du 31 octobre 1981* (décret n° 81-978 du 29 octobre 1981). – Décisions sur la sûreté nucléaire : extension des pouvoirs du conseil supérieur de la sûreté nucléaire.

PROPOSITIONS	RÉALISATIONS
• *L'agriculture.*	
41 – Le gouvernement proposera aux partenaires sociaux de la CEE, afin de revenir à l'esprit du traité de Rome, une réforme de la politique agricole commune. Celle-ci devra tenir compte de la nécessité de supprimer les inégalités de revenu entre les agriculteurs, les salariés de l'agriculture, et l'ensemble des travailleurs. Des mesures particulières seront prises pour l'élevage, la viticulture, les fruits et les légumes, jusqu'ici défavorisés. Les marchés seront organisés par des offices par produits ou groupes de produits, chargés de mettre en œuvre des prix garantis, tenant compte des coûts de production, dans la limite de quantum par travailleur. Cette politique prendra en compte les aspirations des consommateurs.	– Mémorandum français du 13 octobre 1981. • *J.O. du 1er janvier 1982.* – Lors de la conférence annuelle agricole, des mesures financières ont été prises pour l'élevage, la viticulture, les fruits et légumes (loi de finances rectificative pour 1981 nº 81-1180 du 31 décembre 1981). • *Conseil des ministres du 10 mars 1982.* – État d'avancement des travaux pour la création d'offices par produits.
42 – Un statut de travailleuses à part entière sera reconnu aux femmes d'agri-	• *J.O. du 23 octobre 1981* (décret nº 81-957 du 22 octobre 1981).

PROPOSITIONS	RÉALISATIONS
culteurs. L'installation des jeunes – et notamment l'accès à la terre – sera vivement encouragée. L'agriculture de montagne fera l'objet de mesures de soutien spécifiques.	– Installation des jeunes agriculteurs ; aides à l'installation des jeunes agriculteurs (DJA) : accord d'un complément de dotation. Fixation de la DJA par arrêté du 22 octobre 1981. • *J.O. du 1er janvier 1982* (loi de finances rectificative pour 1981 nº 81-1180 du 31 décembre 1981). – Agriculture de montage. • *Conseil des ministres du 25 mars 1981.* – Aides fiscales à l'investissement et à l'installation des jeunes dans l'agriculture.
• *La pêche.*	
44 – Une politique de la pêche maritime, élément d'une politique de la mer, sera mise en œuvre : réorganisation des marchés, amélioration des conditions de travail et de rémunération des travailleurs de la mer, aides à l'investissement. Au plan européen, le gouvernement proposera l'application d'une politique commune de	• *J.O. du 18 octobre 1981* (décret nº 81-939 du 14 octobre 1981). – Réforme du statut des personnels : personnels embarqués d'assistance et de surveillance des affaires maritimes ; corps des contrôleurs des affaires maritimes (décret nº 81-90 du 14 octobre 1981).

PROPOSITIONS	RÉALISATIONS
la pêche fondée sur la garantie d'accès à la ressource, la gestion rationnelle des stocks, l'organisation et la protection du marché communautaire et l'harmonisation des régimes sociaux.	• *J.O. du 22 décembre 1981* (arrêté du 8 décembre 1981). – Assurance vieillesse des marins du commerce et de la pêche. • *J.O. du 24 décembre 1981* (loi nº 81-1135 du 23 décembre 1981). – Exploration et exploitation des fonds marins. • *J.O. du 27 mars 1982.* Ordonnance du 25 mars 1982 : modification du travail maritime.
48 – La représentation parlementaire des Français à l'étranger, comprenant non seulement des sénateurs mais aussi des députés, sera assurée selon les procédures qui en garantiront le caractère démocratique.	• *J.O. du 23 février 1982.* – Décret nº 82-178 du 22 février 1982, relatif au statut du Conseil supérieur des Français à l'étranger.
• *Une justice indépendante.*	
52 – Abrogation des procédures d'exception (cour de sûreté, tribunaux militaires en temps de paix), de la loi	• *J.O. du 5 août 1981.* – Abrogation de la cour de sûreté de l'État.

PROPOSITIONS	RÉALISATIONS
anticasseurs et de la loi Peyrefitte. Le principe fondamental de présomption d'innocence sera réaffirmé.	• *J.O. du 24 décembre 1981.* – Abrogation de la loi anticasseurs. • *Conseil des ministres du 25 mars 1982.* – Abrogation des tribunaux permanents des forces armées.
53 – Abrogation de la peine de mort.	• *J.O. du 10 octobre 1981.*
• *Des contre-pouvoirs organisés ; un État décentralisé.*	
La décentralisation de l'État sera prioritaire. Les conseils régionaux seront élus au suffrage universel et l'exécutif assuré par le Président et le bureau. La Corse recevra un statut particulier. La fonction d'autorité des préfets sur l'administration des collectivités locales sera supprimée. L'exécutif du département sera confié au Président et au bureau du Conseil général. La réforme des finances locales sera	• *J.O. du 3 mars 1982* (loi nº 82-213 du 2 mars 1982). – Projet sur la décentralisation. – Pouvoirs des conseils régionaux. – Projet de loi relatif aux droits et libertés des communes, départements et régions. – Projet de loi sur le statut de la Corse (loi nº 82-214 du 2 mars 1982).

PROPOSITIONS	RÉALISATIONS
aussitôt entreprise. La tutelle de l'État sur les décisions des collectivités locales sera supprimée.	
57 – Les communes, départements, régions bénéficieront pour assumer leurs responsabilités d'une réelle répartition des ressources publiques entre l'État et les collectivités locales. Celles-ci auront notamment la responsabilité des décisions en matière de cadre de vie : développements prioritaires des transports en commun, aménagement des rues, services sociaux, espaces verts. Elles susciteront le développement de la vie associative, contribuant ainsi à l'animation de la ville, au rayonnement de ses activités, à l'affirmation de sa personnalité.	
58 – Pour les peuples d'outre-mer français qui réclament un véritable changement, ouverture d'une ère de concertation et de dialo-	*Conseil des ministres du 6 janvier 1982.* – Réformes en Nouvelle-Calédonie.

PROPOSITIONS	RÉALISATIONS
gue à partir de la reconnaissance de leur identité et de leurs droits à réaliser leurs aspirations. Entre autres, dans les départements d'outremer, institution d'un Conseil départemental, élu à la proportionnelle et responsable de la vie locale de chaque département avec consultation obligatoire avant tout accord international touchant à la région du monde où ils se trouvent. La loi déposée à ce sujet par le groupe parlementaire socialiste sera soumise au Parlement dès la prochaine session de la législature.	*Conseil des ministres du 14 octobre 1981.* – Communication sur les perspectives de la décentralisation dans les DOM.
• ***La démocratie économique. Des droits nouveaux pour les travailleurs***	
60 – Le comité d'entreprise disposera de toutes les informations nécessaires sur la marche de l'entreprise. Pour l'embauche, le licenciement, l'organisation du	*Conseil des ministres du 25 mars 1982.* • Projet de loi sur les institutions représentatives du

PROPOSITIONS	RÉALISATIONS
travail, le plan de formation, les nouvelles techniques de production, il pourra exercer un droit de veto avec recours devant une nouvelle juridiction du travail.	personnel (le droit de veto pour les comités d'entreprise n'a pas été retenu).
61 – Le comité d'hygiène et de sécurité aura le pouvoir d'arrêter un atelier ou un chantier pour raisons de sécurité.	*Conseil des ministres du 25 mars 1982.* – Projet de loi relatif à la discipline et aux problèmes d'hygiène et de sécurité.
63 – La participation effective des cadres (ITC) sera assurée et leur rôle reconnu au sein des organismes représentatifs de l'ensemble des salariés : comités d'entreprises, comités de groupes et de holdings dans les entreprises de droit privé, conseils d'administration tripartites, conseils d'unité ou d'atelier dans lc secteur public.	*Conseil des ministres du 25 mars 1982.* – Projet de loi sur les institutions représentatives du salarié.

PROPOSITIONS	RÉALISATIONS
• *Des droits égaux pour les femmes.*	
64 – L'égalité des chances devant l'emploi sera garantie par une réelle mixité de toutes les filières de formation professionnelle (quotas minima). Les crédits seront affectés à la formation continue en fonction du nombre et du sexe des salariés de l'entreprise dans chaque catégorie. La loi supprimera la notion de « motif légitime » invoquée pour refuser à une femme l'accès à un emploi.	*Conseil des ministres du 17 juin 1982.* – Communication sur l'égalité des sexes devant l'emploi.
66 – Le statut de travailleuses à part entière sera reconnu aux conjointes d'agriculteurs, de commerçants et d'artisans, actuellement considérées comme sans profession.	*Conseil des ministres du 10 mars 1982.* – Statut du conjoint commerçant, artisan travaillant dans l'entreprise familiale.
67 – L'information sur la sexualité et la contraception sera largement diffusée dans les écoles, les entreprises, les mairies, les centres de santé et l'orthogénie et par les média. La contraception sera gratuite, les conditions d'ob-	*Conseil des ministres du 17 juin 1981.* – Information sur la sexualité. Lancement de la campagne le 17 novembre 1981. – Remboursement de l'IVG : déclaration du pré-

PROPOSITIONS	RÉALISATIONS
tention de l'IVG seront révisées.	sident de la République le 8 mars 1982.
72 – L'égalité devant l'emploi, pour les femmes, exige un vaste programme d'équipements collectifs : 300 000 places de crèche seront créées prioritairement.	• *J.O. du 31 décembre 1981* (lois de finances pour 1982). – Création de 10 000 places de crèche.
77 – L'enseignement technique sous toutes ses formes recevra les moyens nécessaires en personnels et en matériel afin qu'aucun jeune, fille ou garçon, n'arrive dans le monde du travail sans qualification professionnelle.	• *J.O. du 31 décembre 1981* (loi de finances pour 1982). – 500 recrutements supplémentaires de personnels enseignants et non enseignants ont été autorisés dès le début de 1982. – 4 600 emplois ont été inscrits au budget de 1982 pour l'ensemble des lycées et des enseignements technologiques supérieurs et 214 postes ont ainsi été réaffectés en faveur des LEP. – Augmentation du montant des bourses grâce à une dotation supplémentaire de 95 millions de francs accordée par le Parlement : le montant mensuel moyen des bourses des élèves de 2e et 3e années du CAP et de

PROPOSITIONS	RÉALISATIONS
	1re et 2e années du BEP passe de 175 à 440 F. *Conseil des ministres du 25 mars 1982.* – Ordonnance sur l'insertion sociale et la formation professionnelle des jeunes de 16 à 18 ans.
78 – La vignette moto sera supprimée.	• *J.O. du 31 décembre 1982* (loi de finances pour 1982).
• *De nouveaux droits pour les immigrés.* 79 – Les discriminations frappant les travailleurs immigrés seront supprimées. Les refus de délivrance de cartes de séjour devront être motivés.	• *J.O. du 25 septembre 1981.* – Circulaire interministérielle sur la demande de titre de travail du 5 août 1981. – Circulaire interministérielle sur la régularisation du 11 août 1981. • *J.O. du 26 septembre 1981.* – Circulaire du ministère de l'Intérieur sur les expulsions du 6 juillet 1981. – Circulaire interministérielle sur le droit de regroupement des familles du 10 juillet 1981. • *J.O. du 30 octobre 1981.* – Nouvelles conditions d'entrée de séjour des immigrés.

PROPOSITIONS	RÉALISATIONS
80 – L'égalité des droits des travailleurs immigrés avec les nationaux sera assurée (travail, protection sociale, aide sociale, chômage, formation continue). Le droit d'association leur sera reconnu.	• *J.O. du 10 octobre 1981.* – Loi d'association.
81 – Le plan fixera le nombre annuel de travailleurs étrangers admis en France. L'Office national d'immigration sera démocratisé. La lutte contre les trafics clandestins sera renforcée.	• *J.O. du 20 octobre 1981.* – Lutte conte le travail clandestin.
ϵ *Une société solidaire.*	
82 – Le droit à la retraite à taux plein sera ouvert aux hommes à partir de 60 ans et aux femmes à partir de 55 ans. Les retraités auront le droit de siéger dans les instances de la Sécurité sociale et les caisses de retraite. Les cotisations prélevées sur le régime général de la Sécurité sociale sur les retraites seront supprimées. Une loi définissant les nouveaux	• *J.O. du 28 mars 1982.* – Ordonnance : retraite à 60 ans. *Conseil des ministres du 10 novembre 1981.* – Mesures pour mieux garantir les droits des retraités et des personnes âgées.

PROPOSITIONS	RÉALISATIONS
droits des retraités et des personnes âgées en matière de ressources, de logement, de santé et de culture, et assurant leur réelle participation à la vie sociale, sera déposée.	
83 – Les handicapés auront la place qui leur est due dans la société : le travail, l'éducation, le logement, les transports, les loisirs et l'accès à la culture seront adaptés à leurs contraintes particulières.	*Conseil des ministres du 18 novembre 1981.* – Mesures en faveur des handicapés.
84 – Un système national de protection sociale commun à tous les assurés sera progressivement institué. L'État remboursera les charges indues et affectera des ressources fiscales au financement des dépenses d'intérêt social. Le ticket modérateur d'ordre public sera abrogé.	• *J.O. du 5 janvier 1982.* – Abrogation du ticket modérateur d'ordre public.
92 – La loi Seguin-Rufenacht sur la composition des conseils d'université et	• *J.O. du 10 novembre 1981* (loi nº 81-9951 du 9 novembre 1981).

PROPOSITIONS	RÉALISATIONS
d'UER sera abrogée ainsi que les décrets modifiant la carte universitaire.	– La loi du 20 juillet 1980 dite loi « Sauvage » a été abrogée. De nouvelles élections universtaires ont été réorganisées, assurant une participation de l'ensemble de la communauté universitaire aux nouveaux conseils.
• *Une information libre et pluraliste.*	
94 – La télévision et la radio seront décentralisées et pluralistes. Les radios locales pourront librement s'implanter dans le cadre du service public. Leur cahier des charges sera établi par les collectivités locales. Sera créé un Conseil national de l'audiovisuel où les représentants de l'État seront minoritaires. La création sera encouragée. Les droits des « cibistes » seront pleinement reconnus.	*Conseil des ministres du 31 mars 1982.* – Projet de loi sur l'audiovisuel.
• *La science et la culture.*	*Conseil des ministres du 31 mars 1982.*
97 – La recherche fondamentale sera un objectif	– Projet de loi d'orientation et de programmation pour

PROPOSITIONS	RÉALISATIONS
essentiel : d'importants crédits publics lui seront consacrés pour son développement sur le plan régional comme sur le plan national. Les coordinations nécessaires seront réalisées.	la recherche et le développement technologique de la France.
99 – Le soutien à la création cinématographique, musicale, plastique, théâtrale, littéraire, architecturale placera la renaissance culturelle du pays au premier rang des ambitions socialistes.	*Conseil des ministres du 25 mars 1982.* – Réforme relative à la diffusion des œuvres cinématographiques.
100 – La libération du prix du livre sera abrogée.	• *J.O. du 11 août 1981* (loi nº 81-766). – Décret nº 81-1068 du 3 décembre 1981 paru au *J.O.* le 4 décembre 1981.
• *Les équilibres naturels.*	
101 – Une charte de l'environnement garantissant la protection des sites naturels, espaces verts, rivages marins, forêts, cours d'eau, zones de vacances et de loisirs, sera élaborée et soumise au Par-	*Conseil des ministres du 25 novembre 1981.* – Orientation de la politique de l'environnement – charte de l'environnement. • *9 février 1982 :* comité interministériel de la qualité de la vie : 60 millions de

PROPOSITIONS	RÉALISATIONS
lement après une large consultation des associations et des collectivités locales et régionales avant la fin de l'année 1981.	francs pour la protection de l'environnement.
107 – Développement des relations entre la France et l'Union soviétique dans le respect des traités existants.	*Conseil des ministres du 16 décembre 1981.* – Compte rendu de la Commission économique scientifique et technique franco-soviétique.
109 – Liens privilégiés avec les pays non alignés de la zone méditerranéenne et du continent africain, spécialement l'Algérie.	*Conseil des ministres du 2 décembre 1981.* – Aide au développement : liens privilégiés avec l'Afrique. *Conseil des ministres du 16 décembre 1981* – Commission mixte franco-yougoslave de coopération économique industrielle et technique.

TABLE DES MATIÈRES

10 mai 1981 : La victoire de la force tranquille .... p. 7

21 mai 1981 : L'économie .... p. 17
la défense du franc .... p. 19
la cohérence de la démarche .... p. 28

27 mai 1981 : Le social .... p. 35
le Conseil des ministres .... p. 36
la retraite à 60 ans .... p. 39
les 39 heures .... p. 41
les contrats de solidarité .... p. 44
la formation professionnelle .... p. 52
les ordonnances .... p. 56
les partenaires sociaux .... p. 59
les cadres .... p. 61

23 juin 1981 : L'industrie .... p. 65
le dossier Empain-Schneider .... p. 67
les nationalisations .... p. 75
les nouvelles règles du jeu .... p. 82
le prix des carburants .... p. 88

8 juillet 1981 : La décentralisation .... p. 93
la gauche dans la culture française .... p. 94
les principes .... p. 97

les transferts de compétences .... p. 101
la transformation du système éducatif .... p. 103
une nouvelle politique de la santé .... p. 107
les pouvoirs des commissaires de la
République .... p. 113
les ressources en énergie .... p. 115
la « nouvelle citoyenneté » .... p. 121
la culture comme moyen de notre
développement .... p. 122

4 août 1981 : Les relations extérieures ..... p. 127
l'affaire polonaise .... p. 128
l'équilibre des forces .... p. 132
les dangers de la violence politique ...... p. 135
l'accueil des immigrés .... p. 138
un dialogue Nord-Sud rénové .... p. 140

9 octobre 1981 : La construction européenne . . p. 145
retrouver une perspective politique .... p. 146
la politique agricole commune .... p. 149
la reconquête du marché intérieur .... p. 158

11 novembre 1981 : La défense .... p. 173
la dissuasion nucléaire .... p. 175
la bipolarisation du monde .... p. 176
les armements nucléaires tactiques .... p. 179
les industries d'armement .... p. 184

11 mars 1982 : Les règles de la démocratie . . p. 189
la tolérance .... p. 191
une philosophie pour les nominations ..... p. 193
l'audiovisuel .... p. 194
la police .... p. 197
une « nouvelle droite » .... p. 199

1er mai 1982 : C'est ici le chemin .... p. 201
le souvenir de Fourmies .... p. 202
à chacun son héritage .... p. 203

définir une pédagogie .... p. 205
sous les feux de l'actualité .... p. 207
gouverner autrement .... p. 208
un soutien nécessaire .... p. 209
les trois priorités .... p. 211
une prise de conscience .... p. 212
la nouvelle révolution industrielle .... p. 215

Postface .... p. 217

Annexe : où en sont les 110 propositions avancées par François Mitterrand ? .... p. 219

Dépôt légal : Juin 1982
N° d'édition : 9602
N° d'impression : D82/11407

Achevé d'imprimer le 14 mai 1982
par Maury-Imprimeur S.A. – 45330 Malesherbes